伽利略探案事件簿

〔日〕东野圭吾 著
〔日〕梅 绘
吕灵芝 袁斌 蓝佳 译

1

南海出版公司

汤川学
Manabu Yukawa

天才物理学家。在破解离奇案件的过程中,刑警们开始用近代自然科学之父——"伽利略"的名字称呼他。

草薙俊平
Shunpei Kusanagi

警视厅搜查一科的知名刑警,拥有优秀的行动力和判断力。借助大学时的同级生汤川的力量,挑战难以破解的复杂案件。

目 录

第一章　骚灵 / 1

第二章　坠落 / 45

第三章　复刻 / 103

第四章　绞杀 / 157

内海薰

Kaoru Utsumi

草薙的下属。曾有调查对象评价她"是个漂亮的女人，眼神却相当犀利"。

新经典文化股份有限公司
www.readinglife.com
出 品

第一章

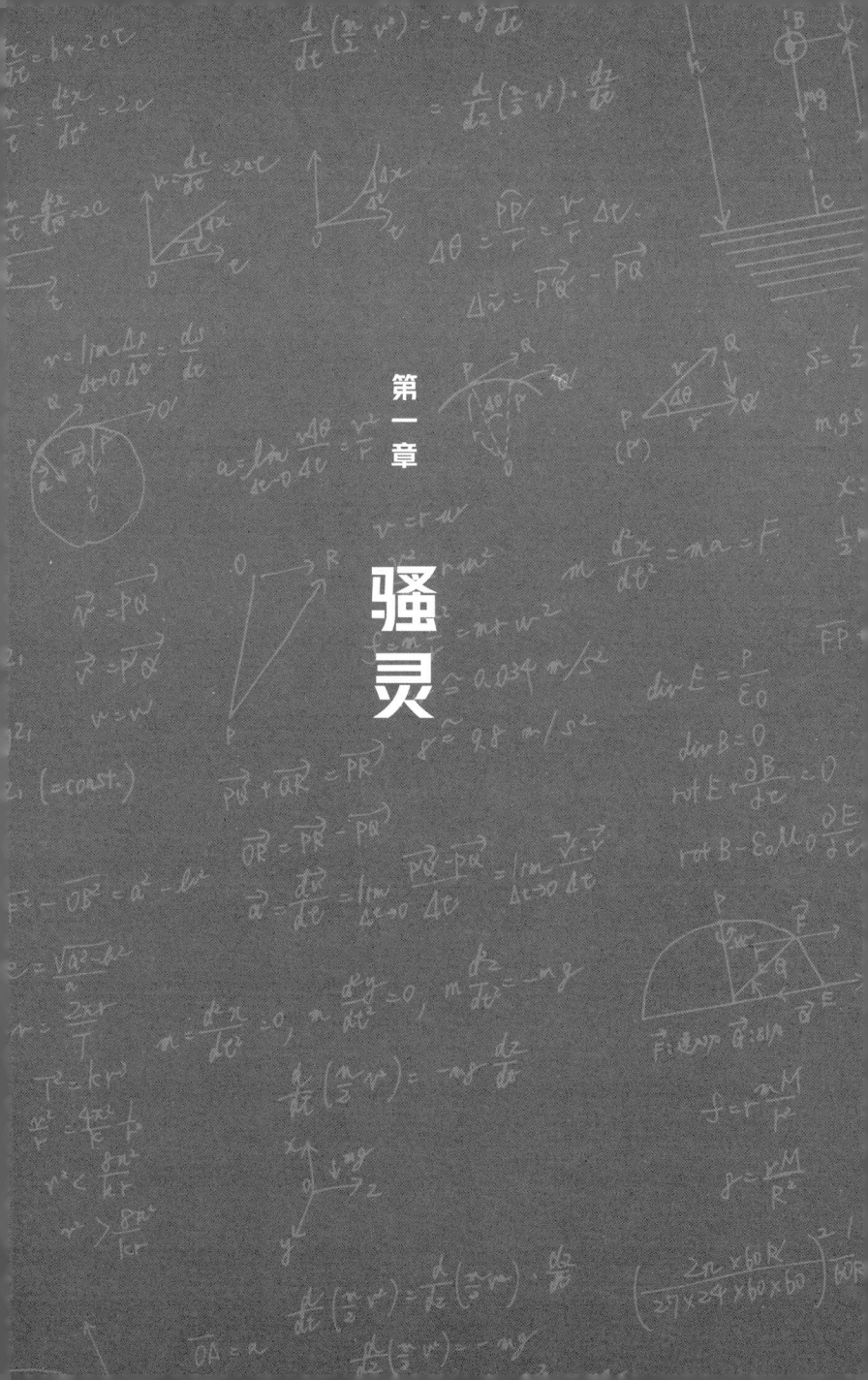

骚灵

1

晨报上没什么值得一提的新闻，草薙俊平用吸管喝着纸盒里的牛奶，目光移向体育版块。他支持的读卖巨人队竟然在常规比赛时间内的最后一个半局被大逆转，输掉了比赛。他苦着脸合上报纸，把手伸进睡衣里，挠起了侧腹。五月的阳光倾洒在放着空泡面碗的桌上，黄金周过后，天气一直很晴朗。草薙吸光盒子里剩下的牛奶，将其顺手扔进旁边的垃圾桶里。用藤条制成的垃圾桶里早已堆满垃圾，几团垃圾被挤了出来。便利店的空餐盒、三明治包装纸……草薙几乎从不做饭，垃圾桶里全是便利店的食品包装。

草薙烦躁地捡起垃圾，环视着自己住的一居室。被褥都摊开着，地上除了日常走动的过道，根本找不到下脚的地方。这副样子就算找到女朋友也不敢往家里带，想到这里，草薙觉得自己挺可悲的。他起身准备打扫一下，这时电话铃响了。他从一堆杂志里抽出无绳电话的子机，按下接听键。

打来电话的是森下百合，草薙的亲姐姐。

"老姐，怎么是你啊？"

"你什么意思？我要是没事也不想给你打电话，这不是没办法了才来找你的嘛！"百合连珠炮似的反击道。草薙从小就没吵赢过姐姐。

"知道了知道了，找我有什么事？"

"你今天不执勤吧？"

"你倒是挺清楚。"

"妈告诉我的。"

"哦，是吗？"草薙的双亲都健在，目前住在江户川区。因为要商量做法事的事，他三天前跟母亲通过电话。

"我有事想找你商量。你下午两三点能到新宿这边来吗？"

"今天？这么急？"

"确实很急。没问题吧？反正你也没女朋友。"

"没女朋友就要跟姐姐约会吗？真够扫兴的。"

"别担心，我也没空跟你约会。我会带一个姑娘过去，是她有事想和你商量。"

"哦。"听到有姑娘要来，草薙有点心动，"她跟你什么关系？"

"朋友的妹妹。"说完，百合又补充道，"很漂亮哟，据说是做宴会接待工作的，大概比你小五岁。"

"嗯？"草薙更加感兴趣了，"啊，这不重要。"

"你会来吧？"

"真没办法。那个人现在感到很苦恼吗？"

"嗯，非常苦恼。我听她说完后，觉得找你商量是最好的。你一定得帮帮她，她肯定很需要你。"

"知道了，没问题。她要找我商量什么？"

"详细情况见面再说，总之是失踪事件。"

"失踪？谁失踪了？"

"她丈夫。"

草薙与百合在新宿西口外某家高层酒店的茶室里碰了头。他还是觉得被姐姐戏弄了。如果一开始就知道要找他的人是有夫之妇，他可能不会浪费难得的休息日跑来见她们。

百合她们已经到了。草薙走进去，看见姐姐在里面朝他挥手。她身边那名女子确实年轻漂亮，却明显透着一种已为人妻才有的稳重气质。可惜是别人的老婆啊！草薙带着这个想法走了过去。

百合为两人介绍了彼此，女子名叫神崎弥生。

"难得的休息日还麻烦您跑一趟，真是不好意思。"弥生向草薙低头致歉。

百合在一旁说道："没关系，反正这小子闲着也是闲着。"

"我听说您丈夫失踪了。"草薙主动进入了正题。

"是的。"弥生点点头。

"什么时候的事？"

"五天前。那天他去上班，就再也没有回来。"

"五天……您报警了吗？"

"嗯，不过他们好像到现在都没找到线索……"弥生垂下了头。

弥生的丈夫名叫神崎俊之，是一家保健器械公司的售后工程师，主要工作是维护养老院和复健中心采购的器械。他工作时间几乎不在公司，而是整天开着轻型货车四处奔波。

根据公司那边的说法，俊之五天前的下午离开公司后，就连人带车都不见了踪影。

"公司也调查过我丈夫可能会去的地方，但还是找不到他。只知道他那天下午五点前后去过位于八王子市的养老院，然后就不知所踪了。"

弥生似乎在努力保持冷静，从刻意压低的声音里可以听得出来。但草薙还是注意到了她微微泛红的眼眶。

"但愿他没遇到什么事故。"百合略显不安地说。

"虽然我无法断言，但发生事故的可能性应该很低。"

"真的吗？"

"接到失踪报案后，警方最先做的就是将失踪者的资料与全国的事故记录进行比对。如果他遭遇车祸，不可能还未登记在案。如果是非常偏僻的野外还可以理解，但他最后出现的地方是八王子。"

听了草薙的解释，百合小声说道："倒也是啊。"

"您丈夫会不会是刻意隐瞒了行踪呢？有这个可能吗？"草薙问弥生。

"完全不可能。"弥生摇着头说，"我想不出他这么做的理由,而且会有人直接穿着西服离家出走吗?"

"您家是否丢失了什么东西?比如存折之类。"

"警察也问过我,我检查过了,什么东西都没少。我觉得他没有带走任何值钱的东西。"

"是吗……"草薙点了点头。

当然,这并不意味着刻意隐瞒行踪的可能性已被排除。草薙知道,其实有很多人都会什么东西也不拿就突然离家出走。此外,就算是有计划的失踪,有时也无法马上发现本人的意向,因为他们会巧妙地将银行存款转移,再把贵重物品一点点带走。

"您的话我都明白了。"草薙说,"不过老实说,我可能帮不上什么忙。既然您已经报警了,目前也只能等待警方和您联系了。"

"你真冷淡。"百合瞪了草薙一眼。

"毕竟我也是个警察啊。我能做到的事,辖区警察一样能做到。反过来说,如果辖区警察束手无策,我也一样不知如何是好。"更何况我的本职工作是调查杀人案,而不是寻找离家出走的人——他只在心里默念了这句话,并没有说出来。

百合也陷入沉默。在尴尬的气氛中,草薙端起咖啡喝了一口。咖啡有些凉了。

"对了……"弥生抬起头，直直地看着草薙，"我对一件事很在意。"

"什么事？"

"离开八王子的养老院后，我丈夫应该去过一个地方。"

"哦？什么地方？"

"我丈夫曾在现在这家公司从事过净水器销售工作，当时他好像常去一个人家里拜访。"

"然后呢？"

"那段时间，他跟一位独居的老太太渐渐熟悉起来，除了去维护净水器，平时只要路过那附近，他也会去拜访一下老人。他说，那位老人行动不便，心脏也不好，他就不由自主地关心起来了。"

"那他现在也经常去看那位老人吗？"

"我想每个月至少会去一次吧，因为他时不时会带些点心回来，说是那位老人给的。"

"她家在哪里？"

"府中。"弥生打开包，取出一张贺年卡放在桌上。贺年卡上的钢笔字迹很是清秀。寄出人的姓名是高野英，地址确实是府中。

"您与这位高野女士联系过了吗?"草薙晃着贺年卡说。

"我给她打过一次电话。"

"高野女士怎么说?"

"这……"弥生低下头,似乎在犹豫。不一会儿,她又把头抬了起来。"高野女士去世了,就在几天前……"

2

打开帝都大学理工学院物理系第十三研究室的门,只见眼前冒出一片青白色的火焰。身穿白大褂的汤川学手上拿着一把液化气喷火枪。

"你干什么!连门也不敲。"汤川大喊道,他手上那把喷火枪发出的声音实在太吵了。

"我敲了,你没反应!"草薙也对汤川喊道。

汤川关掉喷火枪,把它放在桌上,随后脱掉了白大褂。"太热了,这种实验果然不适合在室内做。"

"实验?什么实验?"

"非常简单的电学实验。小学时不是做过吗？把灯泡接到电池上，按下开关后，灯泡就亮了。这就是我做的实验。"汤川指着用来做实验的桌子说。

正如他所说，桌上放着一个像是电源的方形盒子，用两根导线与软式棒球大小的灯泡连在一起。如果只是这些，确实跟小学生的实验没什么区别，但其中一根导线中间还连着一根几厘米长的玻璃棒。

"这根玻璃棒是什么？"草薙问。

"就是玻璃棒啊。"汤川回答。

"玻璃不导电吧？难道说这是特殊材料？"

"你觉得呢？"汤川微微一笑。这位年轻的物理学家最喜欢用答非所问的方式回答老同学关于科学的提问。

"就是不懂才问你啊！"

"问我之前你先试试吧，只需要按下开关就好。对，盒子上的那个就是。"

草薙小心翼翼地打开了开关。他原以为会发生什么不得了的反应，甚至已经摆好应对的架势，结果什么动静都没有。

"什么啊，根本不行。"

"那不是什么特殊材质，只是普通的玻璃。玻璃是绝缘体，电流是无法通过的。"

"那你……"

"可是，如果我这样呢？"

汤川用打火机点着了喷火枪。调整空气量后，原本缓缓摇曳的火苗呼地变成了刺眼的青白色火焰。他将火焰对准玻璃棒，玻璃棒下方放着一块砖头。

被加热的玻璃棒慢慢变红，仿佛随时都要熔化。很快，一个惊人的现象出现了，灯泡啪地亮了起来，电流被接通了。草薙忍不住叫了一声。

"玻璃的主要成分是二氧化硅，在固体状态下，硅离子和氧离子紧密结合，一旦受热熔化，这种结合状态就会变得松散。拥有正电荷的硅离子向负电荷方向移动，拥有负电荷的氧离子向正电荷方向移动，电流就能通过了。"

草薙不是很明白汤川的解释，但至少知道，眼前这根快要熔化的玻璃棒拥有了与他平时看到的玻璃棒完全不同的性质。

汤川很快就关掉了喷火枪，草薙以为这个实验要结束了，玻璃棒会恢复原状，导致电流被切断，灯泡熄灭。然而，没有被喷火枪加热的玻璃棒依旧发出强烈的光芒，灯泡也一直亮着。

"一旦有了一定程度的电流,玻璃棒本身就会因电阻加热作用而持续发热,即使不从外部提供热源,电流也会一直保持流动。"

"听起来有点像惯犯心理。"草薙说。

"什么意思?"

"初次犯罪是有动机的,那种动机会使人冲动地走上犯罪之路。而犯罪行为本身又会让人更加冲动,变得无法分辨好坏,从而又一次犯罪,这就是典型的恶性循环。等回过神来,当初的动机早就不重要了。"

汤川笑了起来。"嗯,这确实很像。"

"要是有个开关就好了。"

"如果不切断开关,结果就是这样——"汤川指着玻璃棒说。只见散发着耀眼红光的玻璃棒很快便因为自身热量而熔断,灯泡也同时熄灭了。"自我毁灭。"

从大学步行几分钟,就能看到"美福"。这家居酒屋有非常丰富的套餐可供选择,可能是因为客源以学生为主。草薙以前也常光顾,只是没想到时隔多年还会再次来到这里。汤川说在这里就行,他也没办法。

今天没什么特别的事,只是想约老朋友出来吃饭喝酒，草薙才会回到母校。两人像往常一样，并肩坐在吧台最里面的座位上。

聊了一会儿几个共同好友的近况后，草薙说起了白天见到神崎弥生的事。他只是随口提起此事，汤川对此好像也不太关心，但还是说了句："你还是查查那个高野家吧。"

"真的要查吗？"

"那些亲戚有点奇怪。"

"也是。"草薙往汤川的杯子里倒满啤酒，再把剩下的倒给了自己。

神崎弥生说，她往高野英家里打电话时，是一个男人接的，那人自称是高野英的亲戚。弥生问他神崎俊之是否在那里，他只说不知道，老太太刚去世，现在忙得很，很快就挂断了电话。

弥生还是有些在意，直接造访了高野家。一个年龄在三十五岁到四十岁之间的男人给她开了门，但好像并不是接电话的那个人。弥生拿出神崎俊之的照片，询问最近这个人是否来过这里。男人看也不看照片，就说最近没人来过。她并不死心，还想追问，却见男人皱起眉，露出了凶相，仿佛在说："烦死了！说了不知道就是不知道，你再纠缠下去我可不客气了！"

弥生只好离开了高野家，顺便在附近打听，得知高野家现在住着几名男女，他们从两个月前开始出入此处，不知何时就住下来了。高野英生前好像和人说过，那些人是她的侄子夫妇，可能因为一直独居非常寂寞，她说起这事时还特别高兴。

高野英的死因是心脏骤停。人们在社区的活动中心低调地为她办了葬礼，一个细节引起了弥生的注意——高野英去世的日子，正是神崎俊之失踪那天。

"调查需要理由。"草薙说，"现在这样我没法行动，至少作为刑警是不行的。"

"我有个熟人很讨厌推理小说。"汤川夹了块海参放进嘴里，"你知道为什么吗？因为凶手太蠢了。他们为了欺骗警察想出的杀人方法五花八门，但是在隐藏尸体这方面完全不动脑筋。其实只要把尸体藏好，连是否发生了命案都不得而知，警察也就无法展开调查了。"

"你说的熟人，该不会就是你自己吧？"

"你猜。"汤川把啤酒一饮而尽。

3

神崎弥生给草薙打来电话时，距离上次二人在新宿见面已经过去了大约两周。在此期间，草薙并未帮她做过任何事情。因为一桩案件的嫌疑人被逮捕了，他一直忙于确认相关调查证据。"不好意思，我这段时间挺忙的……不过我一直都想去看看情况。"草薙不禁辩解道，"警方那边还没消息吗？"

"嗯，我去问过一次，只得到了含糊的回答。"

"是吗？"应该是的，草薙想。因为只有在发现身份不明的尸体时，警察才会想到查看失踪者资料。

"嗯……草薙先生，其实我后来又去过高野女士家几次。"弥生略显踌躇地说。

"出什么事了吗？"

"不，也不算是出事，只不过有点奇怪……"

"有点奇怪？"

"那些人每天晚上都会出去，而且像打卡一样在同一时间离开。"

"等一下。神崎女士,您每天晚上都在监视那家人吗?"

弥生沉默了,听筒里只传来隐约的呼吸声。

"别误会,我没有责怪您的意思。"草薙慌忙解释道,"只是不明白您为什么这么在意那家人。"

"因为……直觉。"

"哦……直觉吗?"

"对刑警说直觉,您一定觉得很可笑吧?"

"不,我没这么想。"

"我还去过我丈夫最后出现过的那家位于八王子的养老院,也见到了那天跟我丈夫谈过话的老太太。她说我丈夫很关心她,让她非常高兴。那时,我想到了离开这里后,我丈夫不可能不去高野女士家。因为到了养老院,他一定会想起高野女士。"

这回轮到草薙沉默了。弥生的话确实很有说服力。那确实是直觉,却并非毫无依据,可以说是有逻辑的直觉吧。不过要是让汤川学听到这种形容,他一定会受不了的。

"他们每晚都在同一时刻出门,对吧?"草薙想起弥生刚才说的话,"您知道他们去了哪儿吗?"

"嗯,但总感觉有点害怕……"弥生吞吞吐吐。

草薙很快明白了她的意思,也知道她为何打电话过来了。"我知道了。"他说,"明天晚上我有时间,不如一起去监视他们吧。"

第二天晚上七点半,草薙与弥生坐在一辆红色轿车里。这是神崎家的车,但是弥生说,俊之几乎没有开过。

"可能每天工作都要开车,休息时反倒不想开了。"说这句话时,她侧脸的神情看上去仿佛已经不对丈夫生还抱有希望。

两人把车停在路旁,马路对面有一排陈旧的日式建筑,似乎都建于二十世纪六十年代。左数第三户便是高野家,乍一看房子并不算大,草薙估计房子的占地面积也就三十坪[①]左右。

弥生说,目前有两对夫妻住在那里,一对是高野英的侄子夫妻,另一对好像是侄媳的兄嫂,至少街坊邻居都是这么说的。

"可是,"弥生又说,"那些人在附近的风评很不好。刚开始跟高野女士共同居住时,他们还对邻里表现出了亲切有礼的态度,可高野女士一去世,他们就换了一副面孔,现在好像连招呼都不打了。"

---

① 日本度量衡单位,用于丈量房屋和宅地面积时,1坪约等于3.3平方米。

"那四个人是怎么跟高野女士住到一块儿的？"

"高野女士对邻居们说，侄子被解雇，没法继续住在公司提供的公寓里，便来投靠她了。至于另一对夫妻，她也说是亲戚来投靠。"

"嗯……"这也太可疑了，草薙想，"侄子被解雇后，目前在做什么呢？还没有工作吗？"

弥生点了点头。"听街坊们说，他们一天到晚都无所事事。不仅是那个侄子，另外那个男人也一样。"

"他也是失业了无处可去吗？"

"不过……"弥生歪着头说，"他们好像不怎么为钱发愁，身上穿的衣服似乎也不便宜。"

"哦……"

"他们看上去也不像在找工作的样子。总之，那四个人一天到晚都待在家里。"

"只是一到晚上八点……"

"对。"弥生点点头，看向斜前方，"他们就都出来了。"

草薙看了看手表，快到八点了。

八点差三分时，一个胖男人先走了出来。他穿着白色 Polo 衫，腹部像孕妇一般凸起。接着走出来一个女人，看上去三十五岁左右，身材瘦削，脸上化着浓妆。

两人站在门口等了一会儿，又有身材矮小的一男一女走了出来。男人穿着一套运动衫，长发在脑后扎成一束。女人披着牛仔夹克，下身穿着一条快要及地的长裙。两人看起来都在三十岁上下。

"我上回去敲门，出来的就是那个穿白色Polo衫的人。"弥生说。

"他们没有车，是吧？"

"嗯，一直都是四个人一起步行离开。有好几次我都想尾随过去，可是他们都见过我……"

"我知道了，请您在这里等我吧。"

草薙下了车，快步跟在四人身后。

两对男女好像在朝车站走，较年轻的一对走在前面，身后跟着中年夫妻。尾随着的草薙观察到，他们几乎没有对话。四个人整天待在一起，看上去却并不怎么亲近。也可能是一天到晚都对着同样几副面孔，早就没有话题可聊了。

一开始草薙认为这几个人每天定时外出，只是为了吃饭，弥生却说不可能，因为有一天他们订了寿司外卖，晚上八点还是出门了。

看起来也不像是去什么培训班,草薙小心翼翼地保持着距离,心里想着。

很快,他们来到了商业街附近。这个时间段还在营业的商店寥寥无几,四人没有改变速度,继续向前走着。突然,四人停了下来,交谈几句后,似乎打算进入旁边的烤肉店。

什么啊,还真是出来吃晚饭的?那他们应该不会马上出来。草薙看了看周围,思考要怎么打发时间。

这时,四人的行动却出现了变化。走进店里的只有穿白色 Polo 衫的男人和那对年轻夫妻,年长的女人则径直向前走去。草薙毫不犹豫地跟在了她后面。

女人抚弄着一头烫卷的长发走在商业街上,偶尔看向旁边的书店等店铺,但并没有走进去的意思。直觉告诉草薙,这里面肯定有蹊跷。

女人来到弹子房前,毫不犹豫地走了进去。草薙心里一惊,也跟了进去。

女人在店里走了几圈,选了一台中间的机器坐了下来,随后便买了弹子开始玩。草薙找了个能看见她的座位坐下,为了防止别人起疑,也玩了起来。他已经很久没进过弹子房了。

她会跟谁在这里碰头吗？草薙心想。然而，没有任何人靠近那个女人。她好像也只是在很认真地玩弹子。就这么过了大约一个小时，女人看了看手表，意犹未尽地注视着弹子机，随后站起身来。看来她今天输了。只见她一边旁观别人玩弹子，一边朝出口走去。草薙紧随其后。

女人沿原路返回，看上去也不打算绕路。不一会儿，她走到那家烤肉店门前，打开门向里张望，但并没有进去。

另三人从店里走了出来。穿白色Polo衫的男人嘴里叼着牙签，好像喝了点啤酒，面色微微发红。男人好像问了句什么，女人摇了摇头，应该是问她在弹子房的战绩吧，随后男人露出了一丝浅笑。

四人开始往回走，跟来时一样迈着懒洋洋的步子。他们没有表露出任何意图。在草薙看来，就是三个人出来吃饭，一个人去玩弹子消遣而已。可他们为何每晚八点准时出门呢？真的只是出于良好的生活习惯吗？

他们就这样回家了。目送四人走进家门后，草薙回到车上，把路上看到的情况告诉了弥生。"怎么看都不像有目的的行动。如果真有什么，应该是他们在烤肉店里做的事了，不过在我看来，他们好像只是去吃了一顿饭。您怎么想？"草薙看着弥生的侧脸问道。提问的同时他吓了一跳，因为弥生的脸上没有一丝血色。"怎么了？"他又问。

弥生舔了舔嘴唇，缓缓转向他。"您尾随他们时，我想到房子里看看，里面可能有什么线索……"

"然后呢？"草薙有些忐忑不安地问道。

"我本来想进去看，可是门窗都上了锁。"

"您实在太乱来了。"

"不过……"弥生做了个深呼吸，"里面突然传出了声音……"

"什么？"草薙瞪大了眼睛。

"我当时在窗户附近。听起来很像家具碰撞墙壁的声音，然后又听到好像有人在屋里跑动……"

"说话声呢？听到说话声了吗？"

弥生摇了摇头。"没有。"

"然后您做了什么？"

"我觉得里边的人有可能是我丈夫，他被人囚禁了，就敲了敲窗户……但我并没有听到回应。不一会儿，里面的动静消失了。屋里拉着窗帘，我什么都看不到。"

草薙感觉心跳开始加快。莫非那房子里还有第五个人？

"草薙先生，里边的人会不会是我丈夫？他是不是被囚禁了起来，无法发出声音？只能趁那几个人离开时才能挣扎求救……"

弥生情绪十分激动，说的话也欠缺冷静思考，但也无法断言她所说的都是妄想。

"我知道了，请您等一下。"草薙再次下车，向高野家走去。

房子周围围着一圈陈旧的木板墙，草薙踮起脚尖也看不见里面的情况。他调整呼吸，整理着思绪走到门前。门上装着一个塑料门铃，他按了下去。

十几秒后，玄关的门被打开了。门似乎有点变形，嘎啦嘎啦地响个不停。门后探出一个男人的脸，是年纪较轻的那个。

"这么晚打扰您实在不好意思。"草薙露出假笑走进门，"我有些事需要确认一下。"

"什么事？"男人皱起眉，露出怀疑的表情。

草薙向他出示了警察手册，他的表情更加阴沉了。"附近有人报案，说听见房子里有人在吵闹。"

"这里没人吵闹。"

"是吗？但报案人说听见声音了。"

男人闻言表情骤变，仿佛能听见他血色褪去的声音。

"一定是听错了，请你别乱说。"

"能让我进去查看一下吗？"

"为什么我非得让你进去！"男人恼怒地说。

"让我看看就好，很快就出来。"

"不行。"

这时，里面传来另一个声音："让他进来吧。"身穿白色Polo衫的男人出现在年轻男人背后，他对草薙露出了殷勤的微笑。"让警察先生看一眼不就好了？还能省去不少麻烦。"

年轻男人沮丧地垂下头，没有作声。

"那就打扰了。"草薙走了进去。

换鞋处散乱地放着好几种鞋子，明显超过了四双。草薙没有特别关注这一点。就算他们真的软禁了什么人，也不可能会把那人的鞋子扔在这里。

房子呈长条形，过了玄关就是楼梯，旁边则是通往室内的走廊。草薙沿着走廊走去。

走廊右侧似乎对着院子，护窗板把四扇玻璃门遮得严严实实，每两扇门重叠的部分用棒状锁锁在了一起。四扇门共有两个锁扣，草薙发现其中一个坏了，并没有锁上。走廊左侧是两个连在一起的和式房间，里面坐着两个女人：年长的女人肘部撑在矮桌上，叼着香烟；年轻女人抱膝坐着，正对着一台老旧的十四英寸电视机。两人都用看怪物般的眼神看着草薙。

"他是谁？"年长的女人问。

"是警察。"白衫男人说，"好像有街坊报警了。"

"哦……"女人瞥了一眼草薙，很快把目光转向了电视机。草薙看到女人手腕上戴着一串佛珠，感到有些意外：难道她信佛？

草薙环视了一下房间，剥落的墙皮和变色的榻榻米都印证了这座房子是很久以前建成的。墙角那个低矮的茶柜好像也有些年头了。

茶柜旁边倒着两个花瓶。嵌着画纸的画框被胡乱地扔在榻榻米上。从茶柜上的灰尘痕迹来看，这些东西明显都是从上面掉落的。草薙不明白他们为何不把东西放回原处，但没有作声，因为他找不到借口去问。

旁边那间和室放着老旧的斗柜和佛坛，榻榻米上落满了灰尘。奇怪的是，这间屋子里没有灯。本应吊在天花板上的和式荧光灯被拆下来放到了角落里。

"为什么不把灯安上？"草薙问道。

"哦，正准备安呢，刚好坏了。"白衫男人说。

这个房间有扇小窗户，上面挂着褐色的窗帘，弥生应该是在这扇窗户外面听见响动的。

草薙又查看了厨房和二楼。二楼也有两个房间，每个房间里的被褥都没有叠。

"怎么样，没问题吧？"回到楼下，白衫男人问道。

"看来没什么问题，不过能麻烦您给我留个电话吗？还有，再把几位的姓名告诉我。"

"姓名就不用了吧？我们又没干坏事。"白衫男人笑眯眯地说。

"那至少也要把户主姓名告诉我。这里以前的户主是高野英女士，现在换成谁了？"

"是我。"年轻男人在旁边说。

草薙拿出记事本询问他的姓名。男人自称高野昌明，看来真的是高野英的侄子。

"您与这几位是什么关系呢？"

"这是我老婆，还有这两位是我朋友，他们是夫妻。"

"朋友？"草薙反问道，"您跟朋友住在一起？"

"我们只是在这里借宿一段时间。"白衫男人说。

草薙本想讽刺"一段时间"可真够长的，但最终没有开口。

4

第二天晚上,草薙和弥生开着草薙那辆黑色天际线再次前往,并把车停在了昨天的地方。

仪表盘上的电子钟显示现在是晚上七点五十分。草薙感到坐在副驾驶座上的弥生紧张地咽了口唾沫。"好了吗?"草薙问。其实他想问的是:做好心理准备了吗?

"没问题。"弥生的声音听上去有些沙哑。

两人接下来要做的事已经完全超出了调查范畴,一旦被发现将难以解释,说不定还会闹到警察局,但两人已别无他法。目前这个阶段,想让警方介入简直难于登天。而且草薙昨晚进去打探后还产生了一个想法:就算被发现了,那些人也不可能报警,他们一定在隐瞒什么。

"啊,出来了。"弥生低声道。

只见四人走了出来,身上还穿着跟昨天一样的衣服,又朝着同样的方向离开了。

今晚草薙并不打算尾随他们。四人的身影渐渐远去,不一会儿就消失在了拐角处。草薙一直努力在座位上缩起身子，以防被发现。

确认时间正好是八点，他打开车门。"走吧，动作快点。"弥生也迅速下了车。两人一路小跑到高野家，四下张望，确认四周没人后，潜入了大门里。草薙绕向院子，跟昨天一样，那里的护窗板关得严严实实。他从怀里掏出一把一字螺丝刀。

"用这个能打开吗？"弥生不安地问。

"嗯，看我的吧。"草薙蹲在护窗板旁，把螺丝刀尖端塞进木板下的缝隙里，随后轻轻一撬，就把护窗板撬了起来。一般的旧式护窗板都能用这种方法卸下来。他昨天已经发现半边落地窗的锁是坏的，因此他们轻轻松松地就进去了。

"这房子好旧啊。"跟在后面的弥生说。

"是啊。对了，请不要乱碰这里的东西。"

"好的。"

草薙小心翼翼地拉开和室门。昨天那两个女人所在的房间还是一样凌乱，矮桌上扔着一袋打开的薯片。

"没有人。"弥生看了看旁边的房间说。

"看来是的。"

"不过我确实听到里面有声音。"弥生歪着头说，"这可真奇怪……"

草薙拉开了壁橱,里面只有几个破旧的纸箱。

"这是怎么回事?"弥生扶着额头说,"莫非是我听错了吗?可我感觉不可能啊。"

"我们先出去吧,您丈夫好像不在这里。"

"是啊。真抱歉,麻烦您做这种事……"

"别在意。"说着,草薙轻轻拍了拍弥生的后背。

这时,草薙突然听到了微弱的响动。是木板摩擦的声音。怎么回事?他脑子里刚冒出这个想法,整座房子突然剧烈地震动了起来。家具发出了咔嗒咔嗒的声音,茶柜里传来餐具碰撞的响声。佛坛在隔壁房间径自摇晃着,上面的小门突然打开,里面的装饰品全都滚落了出来。头顶的电灯剧烈晃动,影子霎时如同鬼魅乱舞。

弥生尖叫一声抱住了草薙。草薙扶住弥生,慌乱地张望四周,惊得一句话也说不出来。

榻榻米上的花瓶开始滚动,矮桌上的薯片撒落出来。不知什么地方有个东西咣当一声掉在了地上。

这到底……草薙发现自己在颤抖。

5

听完草薙的话，汤川抱着手臂沉默了好一会儿。他镜片后的双眼充满了不快与疑惑，右腿不停小幅抖动，眉头紧蹙。

草薙预料到汤川会不高兴，毕竟这个人最讨厌听到这种事了。但那都是事实，他也没有办法。

"你这人真是，"汤川总算开口了，"怎么总给我找些奇奇怪怪的事？上次是幽灵，再上次是灵魂出窍和什么预知梦……"

"我有什么办法？干这种工作，遇到怪事的机会比常人多太多了。"

"并不是所有刑警都像你一样总是遭遇神鬼莫测的事吧？怎么，这回遇上骚灵了？"

"我也不想遇到这种事啊。"

汤川坐在椅子上摊开了双手，仿佛在说"真没办法"。"所谓骚灵，在德语中是骚动的鬼魂之意。比较典型的骚灵现象是家具自己动起来，或是房屋整体震动摇晃，有人认为那是鬼魂所为，不过你遇到的鬼魂好像格外不老实。"

草薙双手撑在桌上争辩道："我再说一次，那绝对是灵异现象。后来我去查过记录，当时那个地方根本没有发生地震。那不是我的错觉，毕竟还有神崎弥生给我做证。"

汤川缓缓站起身，伸出一只手对着草薙的脸。"没人说那是你的错觉，而且不用你说，我也知道不是地震。"

"那你承认是骚灵了？"

"我从你的话中了解到，当时发生了与所谓骚灵现象十分相似的事。"

"你认为那种现象的真面目是什么？"

"问题就在这里，我认为有一件事比现象的成因更为重要。"

"什么事？"

"你说的灵异现象，是否很久以前就有？是否早在老妇人独居时就出现过？"

"我不知道。如果真有那种事，老太太应该会找人商量。听弥生女士说，她先生从未提起过那种事。"

"嗯，看来是以前没有过，现在却有了。为什么呢？这是第一个问题。至于第二个问题，就是那四个人为何不想办法解决。那些人显然知道家中发生的奇怪现象，如果是一般人肯定会想办法解决才对，比如找专家来调查。不这么做意味着他们知道原因何在，而且不希望别人去调查。"

"他们知道原因？不，可是……"草薙双臂环抱，抬头看着天花板，"我看见其中一个女人手上缠着佛珠，他们应该没有什么科学解释吧？"

"我可没说他们得出了科学解释。手上缠着佛珠，想必他们认为那种现象就是鬼魂作祟。不过我有一点不明白，就是他们为何要一直住在那种地方……"汤川挠着头走向窗边，看着外面。他的眼镜在阳光下反射着光芒。

"你到底想说什么？"

闻言，汤川转过身。"这件事你向上司汇报了吗？"

"汇报？还没有。如果让他发现我工作之余做了这种事，肯定又要批评我。"

"那你就要做好挨批的准备，把这件事汇报上去。事态比你想象中的要严重得多。"

6

把望远镜聚焦到高野家门前，只见两个男人正好走了出来。现在的时间是下午两点三十分，距离骚灵现象发生还有一段时间。

"看来他们都上钩了。"坐在驾驶座的牧田说。

"肯定得上钩。毕竟他们在鬼屋里住了这么久，等的就是那个。"草薙一边用望远镜追逐那两人的身影，一边答道。

两个男人出门是因为接到了当地信用金库打来的电话。电话里说，希望请一位代理人来商谈高野英存款的事情。那通电话是信用金库在警方的授意下打的，目的是让那座房子里只剩下女人。

此前经过一系列调查，警方已经掌握了高野昌明的一些信息。高野昌明是高野英唯一的亲属，但他们已多年没有联系。一年前高野昌明辞去工作，染上赌瘾，欠下一大笔债后，与妻子一同住进高野英家，很可能是为了她的存款。高野昌明曾跟许多人提到，他有个伯母继承了丈夫的大笔遗产。

草薙还不知道另一对男女究竟是什么身份，不过他确信，他们也是闻腥而来，觊觎高野英财产的苍蝇。

"好，我们走吧。"草薙对旁边的汤川说。

汤川看了一眼手表。"上次说的事没问题吧？"

"你说工厂吗？没问题，他们同意配合了。"

"话说回来，真是那种机关吗？"牧田回头问道，"要是弄错了，可丢人了。"

"如果失败了，那就再说吧。"汤川淡然道，"你们偶尔出点丑也不是坏事。"

牧田看着草薙苦笑了一下。草薙点点头，对二人说："走了。"

高野家依旧静悄悄的。草薙跟之前一样按下门铃，没过多久，玄关门就开了，发出的响声也跟之前一样。

一个年轻女人探出头来，草薙已经知道她是高野昌明的妻子，名叫理枝。

理枝似乎记得草薙，只见她面露怯色，绷紧了身子，问道："有什么事吗？"

"有件事需要重新确认一下，能让我们再进去看看吗？"草薙努力用亲和的态度问道。

"你们要调查什么？里面什么都没有。"

"我的意思是，"草薙的嘴角浮现出微笑，"希望您能让我们进去确认一下，里面是不是真的什么都没有。只要确认完，今后再有人报警说这里有问题，我们也好向他们解释了。"

"总有人报警吗……"

"也不能说总有,但确实有各种猜测,比如有人听到奇怪的响动……"

这时,年长的女人也从里面走了出来,目不转睛地看着草薙和汤川。"你们在干什么?"

"啊……这些人说,还想再进来看看。"

"哼,真够烦人的。到底是谁报的警?隔壁的大妈?"

"有好几个人。"草薙搪塞道。

"这附近怎么这么多闲人?好吧,看就看吧,不过这可是最后一次了。"

草薙低头致歉,随后开始脱鞋。他看了一眼手表,下午两点四十五分。跟那天一样,他穿过走廊进入里面的房间。房间里依旧凌乱不堪,随处可见方便食品的空盒。

汤川好奇地看着四周的柱子和墙壁。草薙凑到他耳边轻声道:"你怎么看?"

"很不错。"物理学家答道,"跟我预想的一样,完全符合条件。建筑材料的磨损程度、房子的构造,一切都非常理想。"很适合发生灵异现象——这句话他并没有说出来。

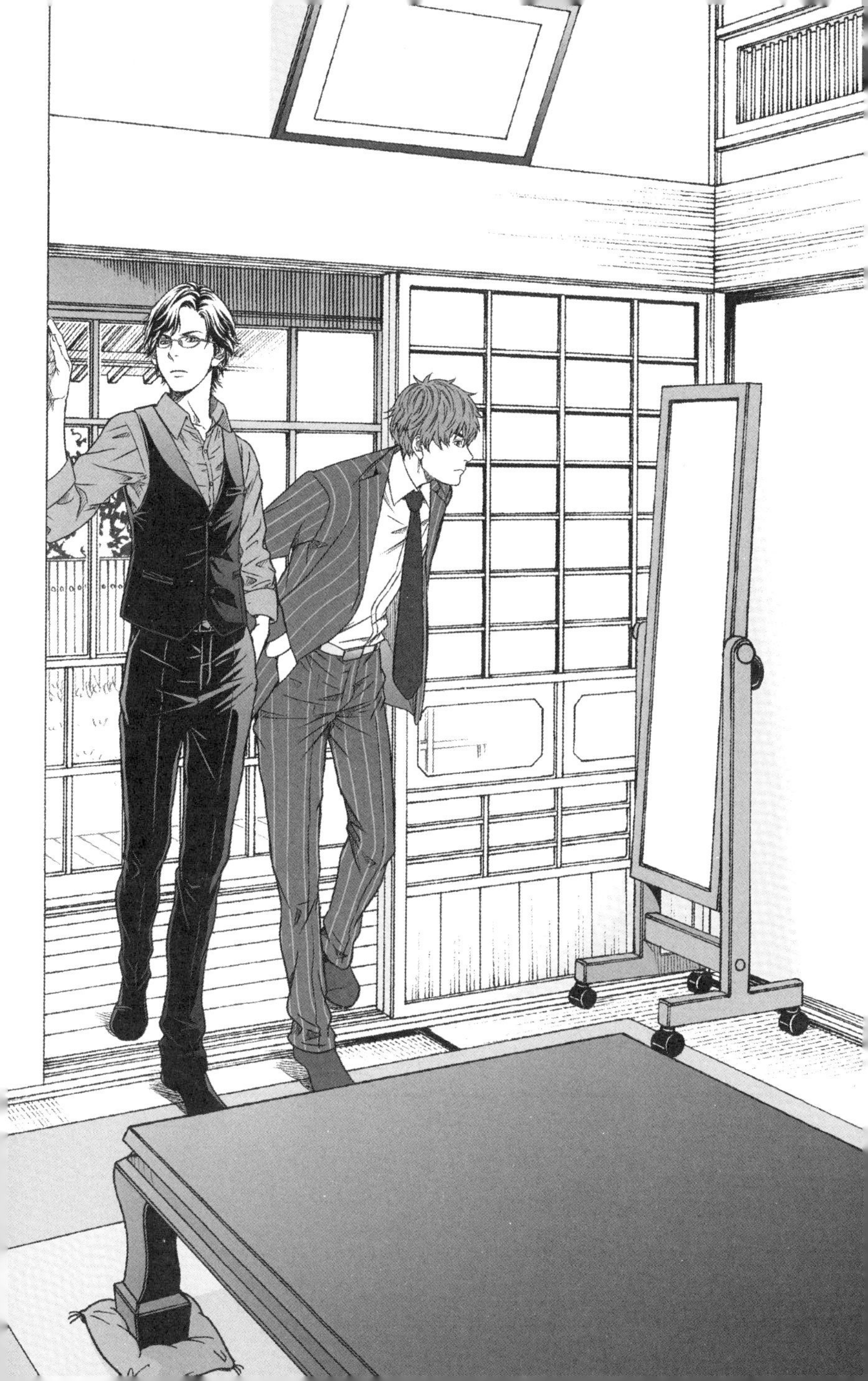

草薙又看了一眼时间，已经两点五十分了。

"怎么样，警察先生，没什么异常吧？"年长的女人双臂环抱，站在走廊上说。她的手腕上依旧戴着佛珠。

"看来是的。不过为了保险起见，请让我们再仔细看一下吧。"

"这算是侵犯隐私权了吧？"

草薙对女人的话不加理会，假装调查壁橱内部。

"喂，你干什么啊！"外面传来女人尖厉的声音。原来汤川正提着一个白色塑料袋站在走廊尽头。

"我在冰箱旁边找到了这个。"汤川慢悠悠地说，"应该是家用水泥。"

"水泥？"草薙看着那个女人，"这是用来干什么的？"

"我怎么知道？应该是我老公用来修理什么地方的吧。好了，你们看够了没有？赶紧离开这里！"

草薙对女人的吼声置若罔闻，又看了一眼手表，下午三点了。

突然，周围传来木板的摩擦声，紧接着榻榻米摇动起来，佛坛发出了咔嗒咔嗒的声响。

高野理枝惊叫一声。年长的女人也惊恐地瞪大了眼睛。

"来了！"草薙向牧田使了个眼色。

牧田挡在两个女人面前。"这里很危险，请两位马上到外面去。"说着，他把二人往玄关方向推。

汤川站在佛坛前环视四周，屋里的家具一刻不停地摇晃着，墙皮簌簌地往下掉。"太厉害了，这就是骚灵吗？"他兴奋地说，"真让我吃惊。这种现象可不是想制造就能制造出来的。"

"现在不是高兴的时候！"草薙吼道。

"哦，抱歉。"汤川从上衣口袋里拿出一个金属钩，将尖端刺入脚下的榻榻米中，再往上一拉，榻榻米的一角便被拉了起来。草薙赶紧过去帮忙，两人合力拆下了榻榻米，底下黑色的地板露了出来。

草薙把地板掀开，下面露出一块明显是最近才填上的水泥块。

7

高野昌明在审讯室里的供述如下：

"原本我的欠款只有三百万左右，可不知不觉就利滚利,滚到了将近两千万。真的,事到如今我怎么可能撒谎!我已经找不到还债的办法了。就在那时,我突然想到了高野英伯母。我听另一个现在已经去世的叔叔说,她继承了我伯父的遗产,手头应该有不少现金。我就想能不能找她帮忙,于是上门去看她。伯母看我没地方住,就让我先住到她家,我便搬了过去。没过多久,近藤就来了。近藤是催债的,说在我还清债务前,他一步也不会离开,还带着一个女人住了下来。我对伯母说那是我朋友和他妻子,伯母可能一直都很寂寞,没有对他们表示反感,反而说有困难就该互相帮助。要欺骗如此善良的伯母,我实在良心过不去,可我还是得想办法打听她的钱放在哪里。我的伯母并不相信银行,把钱都放在身边了。近藤得知此事后,偷偷翻过地板下面和天花板上方等地方,可就是找不到钱。然后就到了那天。"

那天,近藤喝醉了,又因为迟迟找不到钱而心情烦躁。一直在高野英面前故作老实的他,终于在那一刻露出了本性。

近藤一把抓住高野英的领口,逼问她藏钱的地方,还恶狠狠地说:"你侄子还不上钱,理应由你来代还!"

高野英心脏不好,侄子背叛带来的打击和近藤态度的突变让她突发心脏病而亡。由于高野英的死过于突然，高野昌明还以为她在演戏，近藤也连拍了好几下她的脸，才发现她真的死了。

最让他们吃惊的，却是下一个瞬间。院子里突然出现了一个身穿灰色西装的陌生男人，指着高野昌明他们说："我看到了刚才的一切，你们的行为就是杀人！我马上就报警，让你们得到应有的惩罚！"

那个身穿西装的男人便是神崎俊之。

被神崎指责后，近藤气得失去了理智，扑向转身准备报警的神崎，掐住了他的脖子。近藤有柔道二段的身手。

"转眼间尸体就变成了两具，我根本不知道该怎么办。"高野昌明说。这恐怕是他的真实心情吧。

后来他们决定把高野英送到医院。神崎的尸体却不能这样处理，因为一眼就能看出他死于他杀。于是他们决定把神崎的尸体藏在和室的地板下面。他们先挖了一个洞掩埋尸体，然后灌上水泥封了起来。神崎开来的轻型货车也被他们毁掉牌照后，由近藤开到熟知的报废车辆处理场，扔在了那里。

接下来只须找到高野英藏起来的财产了。

他们却一直都没有找到。

8

"不管你怎么说，我都坚信这次肯定是鬼魂作祟。一定是被埋在土里的神崎俊之的怨念引发了那种现象。"草薙举起马克杯说。他的杯子里装着第十三研究室有名的特产——口味寡淡的速溶咖啡。

"怎么想是每个人的自由，我不会进行任何干涉。不过我认为，那只是共振现象在作祟。"汤川的声音很冷淡。对方越激动，他就越冷静，这是他从年轻时就一直具备的性格特征。

听完骚灵的故事后，汤川先去市政府调查了高野家周边地下的情况，发现高野家正下方似乎有个老旧的排水管道检修孔。他当时就断定骚灵现象的原因就在这里。

"每个物体都有各自的固有频率，当施加的作用力的振动频率与之一致时，那个物体就会发生剧烈振动，这就是共振现象。由于某种原因，这个检修孔所处的环境发生了变化，从而引起了共振。"汤川推断，原因就是地面受到了某种作用力，比如挖洞之类。

如果是在地板下面挖洞，目的显而易见。草薙不禁产生了不祥的预感。结果表明，他的预感是正确的。

调查结果还显示，高野家附近的一家零件工厂正在使用与那个老旧检修孔相连的下水管道，每天晚上八点，工厂都会排出经过处理的热水。热水在下水管道中造成了空气流动，这便是高野家正下方的检修孔产生振动的原因。

发现尸体那天，他们事先跟工厂联系好在下午三点钟排水。

"好了，那我走了。"草薙放下马克杯站起身。

"要去见她吗？"汤川问。

"没错。"草薙要见的人是神崎弥生。"最近太忙了，还没来得及和她详细说明。"这差事不讨人喜欢，但只能由他来做。他还打算等弥生稍微平静一些，再把高野英那些财产的事也告诉她。

神崎俊之是穿着西装被掩埋的，身上的东西全都留在口袋里，但钱包里的现金和信用卡被拿走了。案犯们打算用他的信用卡大量购物，却漏掉了最为重要的东西，就是夹在驾照里的一张卡。其实，那是出租保险柜的密码卡，并非神崎本人的物品。保险柜是高野英租的，代理人那一栏登记着神崎俊之的名字。

警方经过调查,发现保险柜里除了存折、债券、贵金属、土地房屋所有权证明这类物品外,还放着一封信。那是一封遗书,上面明确表明,指定神崎是高野英全部财产的继承人。

"你还是打算把骚灵现象解释成鬼魂作祟吗?"汤川问。

走向门口的草薙转过身说:"那当然,不行吗?"

"没什么。"物理学家摇摇头。

"再见。"草薙打开门。

"草薙。"

"干什么?"

汤川犹豫了片刻,然后说:"好好干。"

草薙扬起一只手,走出了房间。

第二章

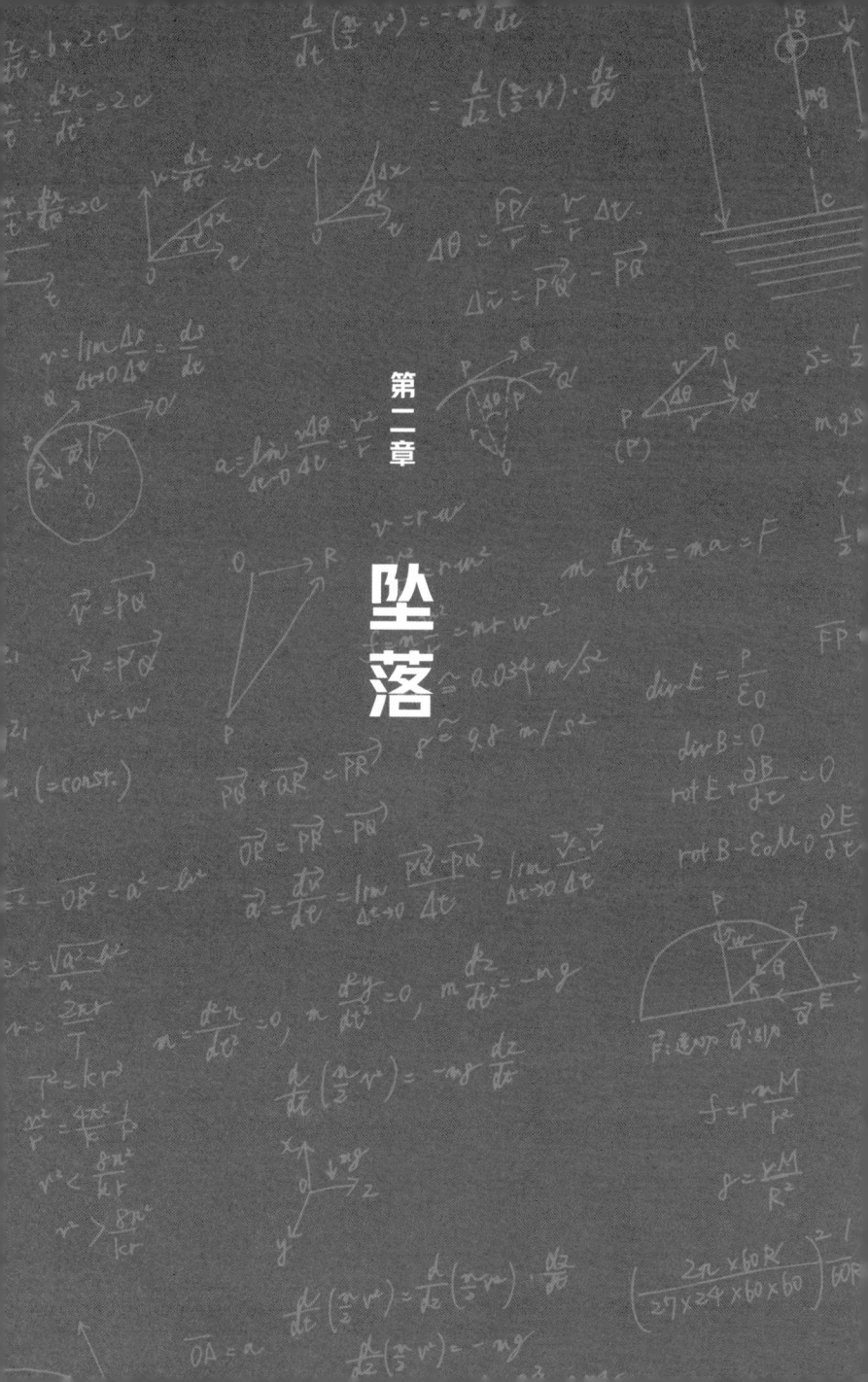

坠落

1

直到刚才还在淅淅沥沥下个不停的雨似乎停了。

还算顺利。三井礼治侧身下了送货用的摩托车，心中不禁萌生了一种交了好运的感觉。他也在大雨中送过外卖，但去的都是有地下停车场的公寓，所以可以将比萨不淋湿一分全部妥善送到。

虽说比萨全都装在盒子里，但在雨天往来送货，尤其是送吃的东西，可不是一件令人愉快的事，而且身体还可能被雨水淋湿。

三井锁好车，抱起比萨正准备往前走，一把大伞迎面撞了过来，差点儿把比萨撞落在地。

三井"啊"了一声，撑伞男子却一言不发扬长而去。这男子身穿一套深色西服，看起来像是公司职员。他似乎没有意识到雨早已停了，一直撑着伞，而且可能正好被雨伞挡住了视线，才没看见前边的情况。

"你给我站住！"

三井朝他吼了一声，冲过去一把抓住男子提着皮包的手臂。

男子回过头，双眉紧锁、满脸困惑地看了三井一眼。三井看他并非凶神恶煞，于是态度强硬起来。

"撞了人一句话也不说就走啊？我手上的东西差点儿都被你撞掉了。"

"啊……抱歉。"男子说完扭头欲走。

"只说句'抱歉'就行了吗？"三井咂了咂嘴。这时，奇怪的东西进入他的视线，一个黑影般的东西从天而降，落到地上发出咚的一声巨响。

三井循声望去，只见公寓外的马路上躺着一个黑色的物体。一个正巧路过那边的女子发出一连串惊恐的叫声，吓得退后了两步。

三井战战兢兢地凑过身去，那个发出尖叫的女子此时已经吓得躲到了电线杆后。

那个黑色物体很明显是个人，手脚朝着令人觉得不可思议的方向扭曲着，一头长发披散开来遮住了脸，看不清长相，不过看不清或许是件好事。应该是头部的位置有液体正缓缓流出。

周围变得嘈杂起来，等三井回过神来的时候，身边已经聚集了一大群围观的人。

不知是谁说了一句"跳楼自杀吗"，三井才回过神来，明白了是怎么一回事。

厉害，厉害，厉害，真的假的啊？我看到了一件不得了的事情。

三井突然感到一种莫名的兴奋。回去把这件事告诉朋友们后，自己该有多威风啊！他心中雀跃不已。

但他没有再靠近尸体一步，虽然他也想离近点看看，但终究还是不敢。

或许周围的人没有目睹坠落的那一瞬间，所以他们似乎都还比较冷静。三井的耳中充斥着他们忙着叫救护车和报警的声音。

三井此刻也稍稍冷静了些，想起了自己手上紧紧抱着的东西。

不好，还是送餐要紧！

他抱着比萨跑了起来。

2

命案现场是一栋公寓里的一套两室两厅的住房,起居室的面积至少有十四叠①,其他房间也很宽敞。内海薰想到自己的住处,不禁心生感慨:尽管同为女儿身,可独居生活还真是各不相同,自己总觉得住的地方太小,或许是疏于打扫的缘故。她都忘了最近一次用吸尘器打扫房间是什么时候的事了。

而眼前的房间却被人收拾得干净整洁。感觉颇为高级的沙发上只放着两个圆形靠垫,电视机周围和书架也都整齐有序。尤其是餐桌上空无一物这一点简直令薰不敢想象。

地板自然也一尘不染。阳台的玻璃门旁放着一台吸尘器,估计住在这里的女子每天都会用它来打扫房间吧。唯一令人感觉有些不太协调的,是吸尘器旁掉落的一口锅。锅盖与锅身分离,滚落在电视机一旁。

---

① 日本计量房屋面积大小的单位,1叠约为1.62平方米。

薰心想，或许她正准备做饭吧。视线转向厨房，只见水槽旁放着一瓶橄榄油，碗碟架里放着铝盆、菜刀和小碟子之类的东西，水槽放置垃圾的区域扔着一些西红柿皮。

打开冰箱门，最先映入眼帘的是一大盘西红柿拌奶酪，盘子的旁边有一瓶白葡萄酒。

薰心想，或许这女子准备和别人举杯庆祝一番什么。

住在这里的人名叫江岛千夏，三十岁，在银行上班。薰仔细观察着驾照上的照片，心想：看上去温柔娴静，但或许是强势又精明的个性，虽然长着一张圆脸，外眼角还略有下垂，却未必是个容易相处的人。

薰回到起居室，见几名刑警频繁出入阳台，于是决定等他们忙完后再展开调查。她很清楚，早早就急着勘查现场未必会有什么收获，而这种争先恐后忙着勘查的行为，倒像小男孩般不成熟。

客厅靠墙有一个收纳柜，柜子旁边的书报架里有几本杂志。薰走近收纳柜，瞥了一眼书报架，拉开收纳柜的抽屉，看到两本影集，于是戴上手套小心翼翼地翻开看了起来。其中一本似乎是出席同事婚宴时的照片，而另一本里则是些聚餐以及参加公司集体活动时的照片。几乎所有的照片都是与女性合拍的，没有一张和男性的合影。

薰合上影集放回原位，关上了抽屉。这时，只见前辈草薙俊平一脸兴味索然地走了过来。

"怎么样？"她问道。

"目前还无法下结论。"草薙咧了咧嘴，"不过估计死者是跳楼自杀的，毕竟屋里没有什么打斗过的痕迹。"

"但是门没有锁。"

"这我知道。"

"我认为如果独自一人在家，应该会锁门。"

"但一个打算自杀的人，精神状态肯定和普通人有所不同。"

薰望着前辈摇了摇头，说道："我觉得不管处于何种精神状态，一个人的习惯行为都是不会改变的。开门进屋，关门上锁，这应该是习惯性动作。"

"未必每个人都会如此吧？"

"我认为每一个独自生活的女子都会有这样的习惯。"薰的语气稍稍显得有些强硬。

草薙一脸不快，不再说话，随后像是重振精神一般挠了挠鼻翼，说道："那你说说看，门为什么没有上锁？"

"很简单，有人离开时没有锁门。也就是说，当时屋里还有另外一个人，而那个人很可能就是死者的恋人。"

草薙挑了挑一侧的眉毛，说道："大胆的推理。"

"是吗？您看过冰箱了吗？"

"冰箱？没有。"

薰走进厨房打开冰箱，取出那盘西红柿拌奶酪和那瓶酒，拿到草薙面前。"独居女子未必不会在家中独自饮酒，但如果只是独自享用，没人会这么用心地摆盘。"

草薙皱起双眉，挠了挠头道："辖区警察局的同事明天早上开会讨论案情，到时候你也去参加吧。估计那时尸检结果也应该出来了，有什么想法留待那之后讨论吧。"他像在驱赶面前的苍蝇般挥了挥手。

薰跟在草薙身后，准备离开。正当穿鞋的时候，她看到玄关鞋柜上有一个硬纸盒，于是停了下来。

"怎么了？"草薙问道。

"这是什么？"

"看上去像是快递。"

"我可以打开看看吗？"

硬纸盒此时还被胶带封着口。

"别乱碰，过一会儿辖区警察局的人自然会来检查。"

"我现在就想看看里边是什么。我和辖区警察局的同事事先打个招呼就行了吧！"

"内海，"草薙皱起眉头，"别再做张扬的事了，现在这样已经够草率的了。"

"我很草率吗？"

"不，我不是这个意思……大家都在看着，稍微收敛一些。"

尽管心中有些不服，薰还是点了点头。被迫接受莫名其妙的事，也不是一天两天了。

第二天早上，当薰来到辖区的深川警察局时，只见草薙满脸不快地在那里等着，上司间宫也在一旁。

间宫看到薰，一脸严肃地对她道了声辛苦。

"组长……您怎么会在这里？"

"我是被叫过来的。现在由我们开始负责这件案子了。"

"我们负责？"

"此案有他杀的嫌疑，房间里发现了疑似凶手曾用来敲击被害人头部的凶器。所以此案要成立联合搜查本部①。"

"凶器？是什么？"

"一口长柄锅。"

---

① 针对重大案件而设立的由两个以上侦查机构组成的联合侦查组织。

薰想起了地上的那口锅。"原来是那东西啊……"

"锅底有被害人的少量血迹。或许凶手用它将被害人击打致死或致其昏厥后，从阳台上推了下去。真是心狠手辣。"

薰边听边偷偷看了一眼草薙，只见他像逃似的避开薰的视线，故意干咳了一声。

"凶手是男人吗？"薰向间宫问道。

"估计错不了，女人做不了这种事。"

"目前就只发现了凶器吗？"

"屋里有擦除过指纹的痕迹。凶手把凶器的把手、桌子，还有门把手上的指纹都抹掉了。"

"从凶手擦除了指纹这一点来看，应该不是入室抢劫。"因为抢劫犯入室抢劫时会戴手套。

"大致可以认定是熟人作案。因为行凶时使用的凶器是案发现场的东西，而且钱包和银行卡没有被拿走，唯一不见了的就是被害人的手机。"

"手机？是不是因为上边保留了什么会对凶手不利的通讯记录呢？"

"如果当真如此，那凶手可就糊涂到家了。"草薙说道，"通话记录在运营商那里一查便知，他这行为等于是在不打自招，告诉我们是熟人作案。"

"估计凶手慌不择路了吧，这案子怎么看都不像有预谋的行凶杀人案。你们去运营商那里把死者的通话记录调取出来，重点排查一下她身边的男性。"间宫如同总结发言一般地说道。

随后，研判会议开始，会上众人主要上报了一些相关的目击线索。

一位负责初期侦查、年过五旬的警察用沉稳的语调说道："死者从阳台上跌落下来后，公寓周围就立刻聚集了不少人，不过没人目击到有可疑人员出现过。江岛千夏住在七楼，六楼的住户当时听到响声后朝窗下望了望，就立刻出门乘电梯下到一楼。在六楼的住户乘上电梯前，电梯一直停在七楼，住户进电梯后也没看到里边有人。如果有人把江岛千夏从七楼推下后马上逃走，那么六楼的住户乘电梯时电梯就不可能停在七楼，而且这栋公寓里只有一部电梯。"

会上还讨论了凶手使用紧急逃生楼梯逃离的可能性。但深川警察局的人认为，公寓的楼梯不但和跌落现场位于楼房的同一侧，而且还是外悬式的，所以如果当时凶手走的是楼梯，一定会被围观者看得清清楚楚。

现在最大的疑点是：凶手将被害人推下后躲到了哪里？

"也有另一种可能。"间宫阐述了自己的意见，"假设凶手就是同一栋公寓的住户，行凶后立刻离开现场回到自己家中，也就不会被任何人看到了。"

众人在听过警视厅搜查一科组长的意见后，都纷纷点头表示赞同。

3

第二天夜里，一个名叫冈崎光也的男子来到深川警察局。当时薰和草薙刚好结束了走访调查回到警察局，见到了此人。

冈崎三十多岁，体形消瘦，一头短发分向两侧。薰对他的第一印象是销售人员，询问后得知果然如此。冈崎在一家知名的大型家具店上班。

冈崎说昨天晚上曾经去过江岛千夏家。

"她是我大学时网球协会的后辈。我早她五届，但因为毕业后我经常回去打球，就认识了她。后来有很长一段时间没有见过她，半年前我们在路上偶遇，随后就开始互发短信，联系了起来。"

"只是互发短信吗？你们有没有约会之类的？"薰问道。

冈崎连忙摆手。"我们不是那种关系。昨晚之所以去她家，是因为前天白天我接到了她的一通电话，她说想换张床，让我把商品目录拿给她看看。"

"也就是说，后辈把前辈叫去了自己家？"草薙用的是疑问语气。

"干我们这一行的，最好能够亲自去客户家看一下。如果不清楚客户的房间布局，就无法向他们推荐适合的产品。"

他似乎是想表明，即便客户是自己的后辈也没什么区别。

"以前有过这种情况吗？您以前和江岛女士有过生意上的往来吗？"草薙问道。

"有过，她找我买过沙发和桌子之类的东西。"

"昨晚您是几点去江岛女士家的？"

"我们约好八点见面，我应该没有迟到。"

"当时江岛女士和平常有什么不一样吗？"

"我没有感觉到。我给她看了商品目录,向她介绍了一些型号,而她当时也连连点头,不过没有当场决定,因为我建议她买床最好还是先看过实物再说。"

"你们当时是在哪儿谈的呢?"

"是坐在起居室里的沙发上谈的……"

"什么时候谈完的呢?"

"这个嘛……我记得是晚上八点四十分左右离开她家的,因为她说过一会儿还有客人。"

"客人?她说过那位客人几点到吗?"

"那倒没有……"冈崎回忆道。

"请问,"薰说道,"玄关那里有个鞋柜吧?"

"啊?"

"鞋柜,江岛女士家的玄关那里。"

"嗯……好像是有个鞋柜,不过那鞋柜是她家原来就有的,并非购自我们店……"

"我不是那个意思。当时鞋柜上应该放有硬纸盒,您还有印象吗?"

"硬纸盒……"冈崎一脸困惑地想了想,稍稍歪着头说道,"好像是有,不过我记不清了。实在很抱歉。"

"是吗?没关系。"

"请问硬纸盒有什么问题吗?"

"不,没什么。"薰摆了摆手,望着草薙点了点头,似乎是在为问了多余的问题而道歉。

"您是什么时候知道了这件案子的呢?"草薙问道。

"我今天才看到新闻,不过早些时候就知道了这件事,或者说案发后我就知道了……"冈崎突然变得支支吾吾,令人不明所以。

"怎么回事?"

"其实我看到她坠楼的那一幕了。"

"什么?"薰和草薙齐声说道。

"我离开江岛女士家后,在附近逗留了一会儿。因为我记得那一带似乎还住着另外一位老主顾,所以就想去拜访一下,但并没有找到那位顾客的家。回去的路上我路过江岛女士的公寓,目睹了有人坠楼。当时就吓坏了,今天在新闻上看到死者就是江岛女士的时候,更觉毛骨悚然,毕竟自己刚见过的人随后不久就被人杀了。我想着自己或许能够帮上忙,就主动来找你们了。"

"谢谢您的合作,您提供的线索非常重要。"草薙低头行了个礼,"您刚才说目睹了死者坠楼的瞬间,当时您应该是独自一人吧?"

"当然。"

"这样啊。"

"有什么问题吗?"

"没什么。虽然有些对不住主动提供线索的您,但我们的工作性质决定了凡事必须得到验证。因此,就目前的情况而言,我们只能把您去过江岛女士家一事记录备案。"

"什么?"冈崎一脸意外地来回望着草薙和薰,"你们怀疑我?"

"不,我们并不是这个意思。"

"虽说江岛女士坠楼的时候我的确是独自一人,但身旁并非没有别人,而且他还主动和我说话了。"

"是谁?"

"是个比萨店的店员,应该是'哆来咪比萨'店的人。"

据冈崎说,当时他被送外卖的店员叫住,还被抱怨了几句,随后不久江岛千夏就坠楼了。

"要是当时我问一下那个店员的名字就好了。"冈崎一脸懊悔地咬着嘴唇。

"不必了,我们会去确认的,不要紧。"

听了草薙的话,冈崎脸上浮起了放心的笑容。"那就好。"

"您身上有没有携带什么带有照片的证件呢？如果可以，我们希望复印一份存档。当然，确认过您说的话后我们就会把复印件销毁。"

"没关系。"冈崎拿出了工作证。证件上的他，嘴角浮现着一丝淡淡的笑容。

4

送走冈崎后，草薙和薰前去向间宫汇报刚才的情况。

"那么，被害人在送走家具店的店员后还约了其他人见面？"间宫双臂抱在胸前。

"如此一来，那一大盘西红柿拌奶酪的谜团也就解开了吧！"草薙低声对薰说道。

"从现在的情况来看，刚才来的男子必定与被害人关系不浅。"间宫竖起食指摇了摇，"如此一来，在案发整整一天后他才来找我们这一点就极为可疑了。估计他和这件案子之间有着什么关联。"

"有件事我想不明白，被害人与之后的客人约的是几点见面呢？"薰的目光在上司和前辈之间来回游移。

"如果家具店店员是在晚上八点四十分左右走的,那么被害人和之后的客人可能约在了晚上九点左右见面。"草薙回答。

薰看了草薙一眼。"如此一来,从凶手进屋到案件发生,其间只有大约十分钟。"

"十分钟已经足够行凶了。"

"话虽如此,但当时凶手使用的凶器可是一口锅啊。"

"那又怎么样?"

"那就不是有预谋的犯罪了。"

听到这里,间宫不禁"哦"了一声。"确实是这样。"

"怎么连组长您也……"

"总之,先听内海把话说完吧——你接着说。"

"如果此案并非有预谋的犯罪,而是一时冲动的悲剧,那么一定有一个突发的原因。莫非在凶手到访后的短短十分钟里,发生了什么令凶手起了杀心的事?"

间宫微笑着抬头看了看草薙。"怎么办,草薙?这位年轻女刑警的观点可谓一针见血。"

"或许凶手是在九点前到的,比如八点四十五分。"

"约在这么一个不上不下的时间?"

"人各有所好嘛。"

"这倒是。"

"内海,"间宫瞟了她一眼,"你有什么想说的吗?"

薰低头抿嘴,似乎有话想说,但她不知道眼前这两个男人能否理解自己的推断。

"但说无妨,你不说我们没有办法知道。"

听到间宫的话,薰抬起头来,轻轻吐出一口气。"那个快递。"

"快递?"

"江岛千夏曾收过一个快递并把它放到了玄关的鞋柜上,应该是昨天傍晚的事。"

"你似乎一直揪着那个硬纸盒不放。"草薙说道,"之前还问过家具店店员。为什么那么在意那个东西呢?"

"我没听到过关于快递的事。到底怎么回事?"间宫问草薙。

"似乎是死者打电话订购的。"

"里边装的是什么?"

"还没有确认过……"

"是内衣。"

薰的这句话让两个男人不约而同地"哎"了一声。

"你这家伙不会是擅自打开看了吧?"草薙问道。

"没有，不过我知道那种盒子里一般装的就是内衣，要不就是类似的东西。"

"你怎么知道？"间宫问道。

薰似乎有些后悔，稍稍犹豫了一下，接着故作平静地说道："盒子上印有公司名称，那是一家有名的内衣厂商，最近正通过大力拓展电话订购业务来提高业绩。"随后她略微犹豫了一下，补充道："我想大凡女性应该都知道。"

草薙和间宫的脸上浮现出一丝困惑的神色，尤其是草薙，似乎原本还打算拿内衣话题来开个三流玩笑的，但当着薰的面他还是忍住了。

"是吗……内衣啊。"间宫似乎想找点话说，"这其中有什么问题吗？"

"从当时的状况来看，被害人签收了货物后就把那个盒子放在鞋柜上没动过了。"

"然后呢？"

"如果随后要来客人，我想她应该不会那么做。"

"为什么？"

"说到为什么……"薰不由得皱起了眉头，"毕竟是内衣，她不会想让别人看到的。"

"话虽如此，但内衣还是新的，而且连包装盒都还没打开过,没必要太在意——是吧?"间宫向草薙寻求认可。

"我也这么觉得。而且也只有你才知道里边装的是什么,一般人根本就不知道,更别说是男人了。"

薰有些烦躁,但还是继续耐心地解释道:"一般人会想,即使是男人或许也知道。不管内衣是不是新的、包装盒打开过没有,女人一般都不希望别人知道她所穿的内衣情况。如果随后还有客人要来,肯定会把盒子藏起来。就算忘记了,走到玄关去开门的时候也会注意到。"

草薙和间宫面面相觑,唯有这种有关女性心理的问题,他们没有十足把握能把对方驳倒。

"可话说回来,有没有可能是凶手把盒子放在那里的呢?"草薙说道。

"我可没这么说。"

"那你究竟是什么意思?"

"我在想,或许被害人当时根本就没有想要藏那盒子。"

"这话什么意思?"间宫问道。

"像刚才说的那样,通常情况下,客人来之前被害人会把盒子藏起来,如果来客是个男人就更是如此。但她没有这么做,我觉得原因是她认为根本就没有必要。"

"为什么没有必要?不是已经有人去过她家了吗?就

是那个家具店店员。"

"对。"

"既然如此,她不是有必要把盒子收起来吗?"

"一般来说是这样,但也存在即便有人来也不必把内衣藏起来的情况。"

"哪种情况?"

"如果来客是她的恋人。"薰接着说道,"如果冈崎光也是江岛千夏的恋人,我想她应该就不会特意把盒子收起来了。"

哆来咪比萨木场店距离深川警察局不远,徒步几分钟就到了。

要查明案发时送比萨的人并不困难,那个年轻人名叫三井礼治。

"对,我记得就是这个人。当时我从车里刚把比萨拿出来就被他撞了一下,他连'对不起'都不说就想走,我还叫住他冲他发了两句牢骚,紧接着就发生了坠楼一事。"三井望着冈崎的照片,毫不含糊地说道。

"没弄错人吧?"以防万一,草薙再次确认了一遍。

"没弄错。毕竟当时还发生了那样的事,所以我印象很深。"

"感谢您的配合，这一线索对我们很有帮助。"草薙把照片放回胸前口袋，望了薫一眼，似乎在说"这下你满意了吧"。

"当时他是什么样子？"薫向三井问道。

"什么样子？"

"当时他看起来是否有什么异样？"

"嗯……我也记不太清楚了。"三井皱起眉头，歪着脑袋想了一会儿，然后突然像是想起了什么似的说道，"对了，他还撑了把伞。"

"伞？"

"当时雨已经停了，可他还打着伞，所以才看不到前边而撞到了我。"三井愤愤不平地说道。

5

"江岛小姐几乎都没和我提过这类事。其他刑警也问过我这一问题，但我只能这么回答您了。"前田典子一脸歉意地低着头。白色衬衣外边罩着蓝色马甲，她穿的似乎是这家银行的制服。

薰来到江岛千夏生前供职的位于日本桥小传马町的银行分部，借用了二楼会客室的一间房间，正在询问江岛千夏生前最为亲近的朋友前田典子。

她所说的"这类事"，指的就是江岛千夏与异性之间的往来。据前田典子说，江岛千夏生前一直不想结婚，觉得就算独身一辈子也没关系。

"那她最近表现出什么异样了吗？"

"应该没有吧，至少我没感觉到。"

"您见过这个男人吗？"薰向她出示了一张照片。

前田典子的反应并不理想。"没见过。"

薰轻轻叹了口气。"我知道了。百忙之中前来打搅，实在是万分抱歉。最后可否让我看一下江岛小姐生前用的办公桌？"

"办公桌？"

"是的，我想亲眼看看她生前的工作环境。"

前田典子稍稍有些疑惑，但还是点了点头。"我去请示上司。"

几分钟后，前田典子回来说上司同意了。

江岛千夏的座位在二楼投资咨询窗口附近，办公桌收拾得很整洁。薰在椅子上坐下来,拉开了办公桌的抽屉,里边整齐地摆放着文具、各种大小不一的文件和印章之类的东西,和薰在江岛家看到的情形很相似。唯一不同的就是这里并没有关于江岛千夏恋人的蛛丝马迹。

这时,一个身材矮小的中年男人走了过来。

"这张桌子还得这样放多久?"

"啊……"薰不知该怎么回答才好。

"之前来的刑警让我们最好先原样摆放一段时间,但毕竟我们也得重新雇人,希望能够尽快收拾一下。"

"我知道了。我会找上司确认。"

男人说了句"有劳"后转身离开了。

就在薰打算关上抽屉结束调查的时候,她的目光停留在一份文件上。

"这是什么?"她向前田典子问道。

前田典子看了一眼文件,回答道:"要求更改银行卡密码的申请。"

"是客户的东西吗?"

"不,似乎是江岛小姐想更改自己的银行卡密码,上边写着她的名字。"

"她为什么要改密码呢?"

"这我就不清楚了……"前田典子歪着头说道,"或许是出了什么问题吧。"

一个念头闪过薰的脑海。

"抱歉,我还有个请求,不知你们是否方便。"薰不由得大声说道。

听到薰的这番大呼小叫,周围的人都转过头来看着她。

这天夜里,薰一直待在深川警察局的小会议室里。面前的纸箱里堆放着从江岛千夏家发现的书信之类的物品,薰已经一一检查过,没有发现值得期待的东西。她叹了口气,就在这时,开门声传进了耳中。

草薙走了进来,冲着薰苦笑了一下。"发现什么有趣的东西了吗?"

"没那么容易能找到。"

"你到底在找什么?想哗众取宠还差得远呢。"

"我没有哗众取宠,只不过是在奉命调查江岛千夏生前的人际关系,找一下关于她恋人的情况罢了。"

"我记得组长当时是让你先去调查一下江岛千夏住的公寓里有没有和她较熟的住户吧?"

薰深呼吸了一下,摇了摇头。"江岛千夏的交往对象不在那栋公寓里住。"

"你凭什么如此断定？"

"首先，江岛千夏的手机通话记录里没有同一栋公寓住户的号码，也没有他们的电子邮箱地址。"

"或许正因为住在同一栋公寓，才没有必要打电话和发信息。"

薰摇了摇头。"这不可能。"

"为什么？"

"正是因为住在身边，才更想打电话——女人就是这样的。"

草薙一脸不快地闭口不言，或许对方那句"女人就是这样的"令他无言以对。

"还有一点，据我调查到的情况来看，住在那栋公寓里的男性要么是有妇之夫，要么就是未满十八岁的男孩。"

"那又怎么样？"

"他们不可能是被害人的结婚对象。"

草薙耸了耸肩。"男女之间未必就一定会牵扯到婚姻。"

"这我知道，但江岛千夏的情况有所不同，她是以结婚为前提才和对方交往的。"

"你凭什么这么说？"

"您还记得她家起居室收纳柜旁的书报架吗？里面放着几本结婚信息杂志，而且还是上个月才发行的。"

听完薰的话，草薙缄口不言，随后又舔了舔嘴唇说道："可能仅仅是憧憬结婚吧？江岛千夏已经三十岁了，有点着急也不足为奇。"

"没有女人会仅仅因为憧憬就买结婚信息杂志。"

"是吗？但是没有购车打算却会买汽车杂志的男人可有一大堆。"

"请您别把结婚和买车混为一谈，我认为江岛千夏有一个打算与之结婚的交往对象。"

"如果真像你说的，那更应该会留下通话记录了。但从目前的情况来看，并没有发现那个人，关于这一点你又如何解释？"

"已经发现了，但我们却把他放走了。"

草薙两手叉腰，俯视着薰。"你是指冈崎光也？"

薰对他的问话不置可否。

草薙焦躁地揪了揪自己的头发。"听说你还到被害人工作的地方调查了一番？这样可不行啊，负责在被害人工作场所调查取证的同事对此抱怨不已。"

"对不起。"

"不过那个同事宽宏大量，看你是女人就没有太过追究。可你不是最讨厌因为自己是女性身份而得到特别优待吗？"

"随后我会去道歉的。"

"没事，我已经替你道过歉了。对了，听说你还把冈崎的照片拿给被害人的朋友看，问有没有人认识他？"

薰再次闭口不言，她早就做好这件事被发现的心理准备了。

"你还在怀疑冈崎吗？"

"他是我心中的头号嫌疑人。"

"你这异想天开的猜测不是早就已经有结论了吗？而且如果那家伙就是凶手，他又怎么可能自己送上门来呢？"

"我觉得冈崎主动找我们，是因为他料到我们迟早会通过被害人的手机通话记录查到他，与其坐以待毙不如先下手为强。"

"既然如此，他就不必把手机拿走了啊。"

"或许他这么做是在争取时间。来找我们前他一直在考虑该怎么对我们说。"

"可冈崎目击到了江岛千夏坠楼的瞬间，当时还有证人。难道比萨店的店员也是他的同伙？"

"我可没这么说。"

"那么你来说说，一个站在楼下的人，如何杀掉一个身在七楼的人呢？"

"不妨设想冈崎是在房间里杀的人，然后借助某种机关想办法让尸体在他离开公寓后再落下。"

"你是说从远处操控使尸体坠楼？"

"也可能是用了定时器之类的装置……"

草薙抬头望了望会议室的天花板，做了个无可奈何的姿势。"案发后警察立刻赶到了江岛千夏家，如果当时屋里真有你说的那种装置，那他们早就应该发现了。"

"会不会是种无法被发现的装置呢？"

"比如说？"

"这个嘛……我也不太清楚，不过还是觉得有些蹊跷。送比萨的人说当时雨已经停了，但冈崎还是撑着伞。而冈崎则说他当时已经在附近逛了一圈，不可能没有察觉到雨已经停了。"

草薙缓缓地摇了摇头。"你想得太多了，这件案子确实有很多让人费解的地方，但既然眼下找不到其他答案，就应该接受现状。冈崎这个人是清白的。"说完草薙转身背对着薰。

"前辈,"薰绕到他的身前,"我有个请求。"

"什么请求?"

"能请您介绍我认识一下那位吗?"

"哪位?"草薙一脸不解地弯起了眉梢,随后他像是明白了薰的意思似的撇了撇嘴。

"就是那位帝都大学的汤川学副教授。"

草薙在脸前摆了摆手。"你还是死了这条心吧。"

"为什么?我听说前辈曾经多次采纳了汤川副教授的建议,顺利破案。既然如此,这次为什么不能请他出面帮忙协助调查呢?"

"那家伙再也不会协助警察调查了。"

"为什么啊?"

"这个嘛……说来话长。而且那家伙本就是个学者,不是侦探。"

"我并不是请他帮忙侦破案件,只不过想问他,有没有可能在离现场一段距离的地方使尸体从七楼阳台坠落。"

"那家伙肯定会说'科学不是魔术'。你还是死了这条心吧。"草薙推开薰,向走廊走去。

"请您等一下!请看看这个。"薰从手提包里拿出一份文件。

草薙一脸不耐烦地转过头来。"那是什么东西?"

"是我从江岛千夏办公桌里找到的更改银行卡密码的申请表。虽然最后并没有提交上去,但她生前的确有过更改密码的打算。"

"那又怎么样?"

"您觉得她为什么要更改密码呢?"

"大概有人知道了她的密码。"

"不,我觉得或许不是这样。"

"你怎么知道不是?"

"她那张卡的密码是0829,她是觉得如果继续使用这个密码会有麻烦。"

"为什么?"

薰深吸了口气,然后缓缓呼出。"因为冈崎光也的生日就是八月二十九日。"

"什么?"

"当然,这不过是个巧合罢了,因为江岛千夏先办了这张卡,过了很久才开始和冈崎交往。但这种巧合却令江岛千夏感到十分危险。如果她和冈崎结了婚,那么这张卡的密码就和她丈夫的生日一致了。在银行工作的她最在意这种事。"

听着薰的述说，草薙的表情开始出现了微妙的变化，睁大的双眼中蕴藏着锐利而认真的光芒。

薰低下头。"求您了，请让我认识一下汤川老师吧。"

草薙重重地叹了口气。"我会给你写封介绍信，不过可能没什么用。"

6

匆匆看过从信封里取出的便笺，汤川把它塞了回去。他仪表堂堂，面无表情，从金丝眼镜后投来的目光极为冷峻。他把信封往书桌上一放，抬头看了看薰。"草薙还好吗？"

"挺好的。"

"是吗？那就好。"

"其实我今天前来打搅是有一事想问您……"

薰正打算说明来意，汤川抬起右手打断了她的话。

"介绍信上已经写得很清楚了。说是或许我会不太乐意，但还是想让我帮你出点主意。他说得没错，我确实不太乐意。"

薰心想，这人说话可真够拐弯抹角的，或许在他们这些学者当中，像他这样的人不少。"可我听说您以前经常协助警方办案。"

"以前确实如此，但现在不同了。"

"为什么？"

"因为一些私人原因，和你没有什么关系。"

"您能听我说说情况吗？"

"没必要，因为我根本就不打算帮你们，而且介绍信里已经大致都写明白了。你是想知道在相隔一定距离的地方能否不接触就使人从阳台上坠落下去吧？"

"估计当时已经不是活人，而是一具尸体了。"

"都一样。总之我没工夫考虑那种问题，抱歉，请回吧。"汤川把介绍信推给薰。

薰没有伸手去接信封，而是盯着物理学家的眼睛继续说道："您的意思是说，这不可能？"

"这我可不清楚，这事和我无关。我早就不再协助警方办案了。"汤川的语气听起来有些烦躁。

"那么能请您别把这件事当作警方的调查，就把它看成一个不擅长理科的人向您请教的物理问题好吗？"

"既然这样，那也不一定非要找我，其他人一样可以给你们出主意。你还是去找别人吧。"

"老师的工作是帮人答疑解惑，您就是这样对待上门向您请教的学生，给他们吃闭门羹的吗？"

"你可不是我的学生，你也从来没听过我讲课吧？你们不过是在利用警方的权威，随意支使他人罢了。"

"没这回事。"

"别大呼小叫，那么我问你，至今你学过多少科学知识呢？你刚才说不擅长理科，那你是否努力过呢？难道不是一早就彻底放弃，背过身去不再面对科学知识了吗？既然如此，你就一辈子都别再跟科学打交道好了。请不要一遇到问题就挥舞着警察手册，跑来命令研究科学的人替你们解开谜团。"

"我没命令过您……"

"总而言之，我无法满足你的要求。很抱歉，授业解惑的人也有权选择教学对象。"

薰低头咬住了嘴唇。"您这么说，是因为我是女人吗？"

"你说什么？"

"因为我是女人，所以您觉得就算跟我说了那些复杂

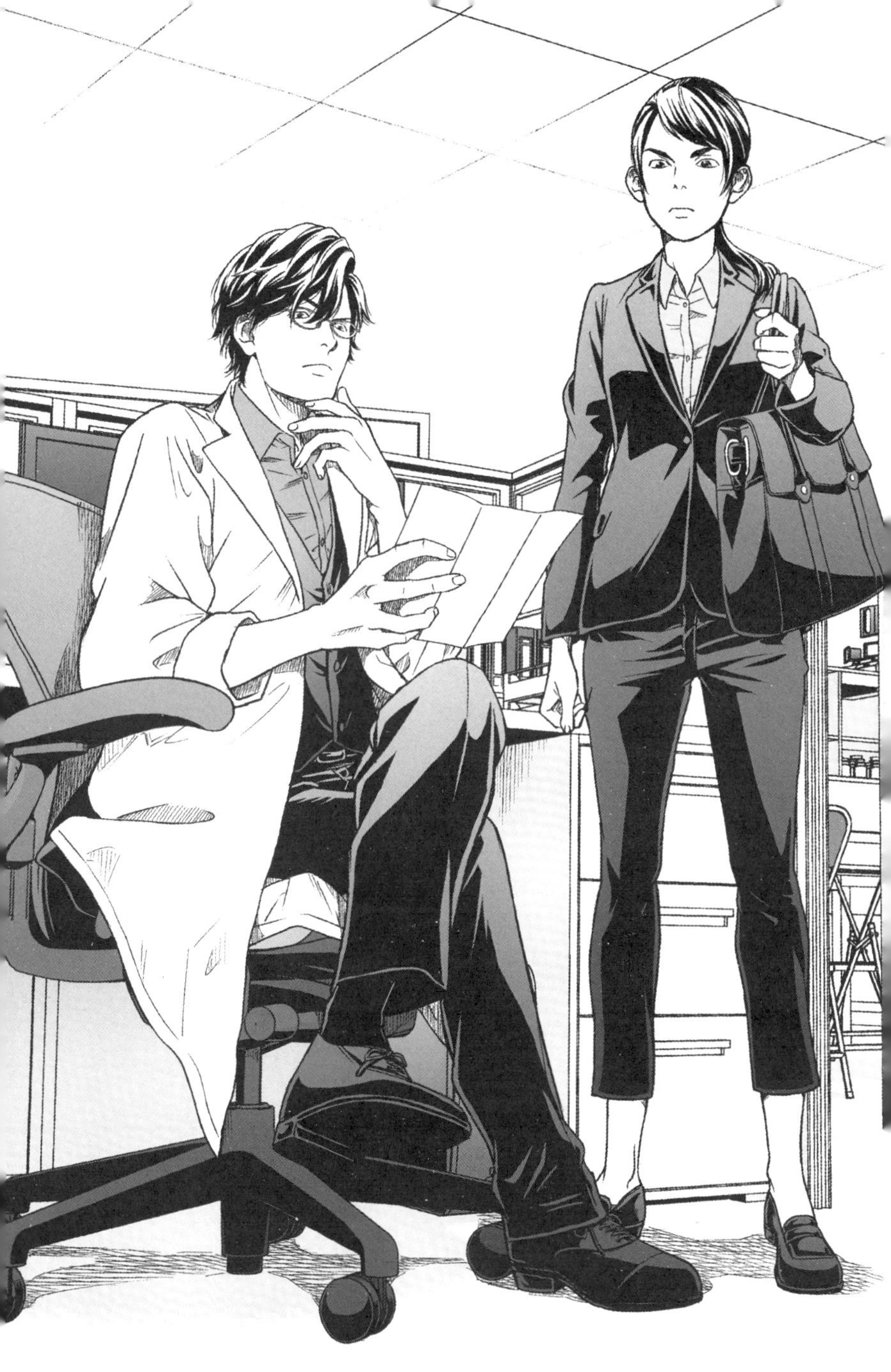

的理科问题我也不会明白，是吗？"薰瞪着眼前的物理学家说道。

汤川听后不禁笑道："你这么说可是要被全世界的女科学家痛斥的。"

"可是……"

"还有，"汤川的目光变得犀利起来，"如果每次遇到对手的回应不理想时就归罪于自己的女性身份，你最好还是趁早辞掉现在的这份工作吧。"

薰紧紧咬住了嘴唇。虽然她心有不甘，但物理学家方才的话并没有说错。正是做好了迎接一切困难的准备，她才选择了现在这份工作。而刚才对方指责她滥用警方的权威，下令学者解开谜团，倒也并非一派胡言。在听到关于汤川的传闻时，她也确实有过找汤川帮忙一定会有转机的想法。"很抱歉，我们真的很需要您的协助……"

"这事和你是不是女人没有任何关系，只是我已下定决心不再和警方的调查扯上任何关系了。"汤川的语调恢复了平和。

"我知道了。抱歉在您百忙之中前来打扰。"

"我才该抱歉，帮不上你任何忙。"

薰点头致意，转身向门口走去，但在离开前她还是试着说了一句："我在想凶手用的是否是蜡烛。"

"蜡烛？"

"先在尸体上绑上绳索垂挂到阳台上，再把绳索的另一端拴好固定住，然后在绳索旁放上一支点燃的蜡烛，等蜡烛越烧越短，就会点燃绳索将其烧断——不知道这样的手法是否可行？"

汤川并没有回答她的问题，薫扭头一看，只见他一边喝着马克杯里的咖啡，一边眺望着窗外。

"请问……"

"那你就动手试一下吧。"汤川说道，"既然有想法，那就去动手试试吧。通过实验得来的结果，可比我的建议要有用得多。"

"可是，这一想法有动手实验的价值吗？"

"这世上不存在没有价值的实验。"汤川立即答道。

"谢谢您，多有打搅了。"薫向着汤川的背影低头行了一礼。

离开帝都大学后，薫去了趟便利店，买了蜡烛、烛台和一捆塑料绳，随后便去了江岛千夏的家。房门钥匙就在薫手上，在离开警察局的时候，她想如果汤川愿意出面协助调查，或许有必要让他到现场来看一看。

刚一进屋，薰便着手准备实验。她原本打算找个东西代替尸体挂到阳台上，但她不能真把什么东西从七楼抛下去。无奈之下，只得把塑料绳的一端拴在阳台的栏杆上。

现在的问题在于，该把绳索的另一端拴到什么地方。毕竟绳索要承受住尸体的重量，所以必须得找一处足够结实的地方才行。但她环顾室内，找不到一处适合的地方。

最后她只得把绳索拉到厨房，把另一端拴到了水龙头上，又在旁边放上蜡烛，点上了火。火焰的位置处在紧绷的绳索上方五厘米处。

她一边看表一边等着蜡烛烧短。

在火焰即将与绳索融为一体时，绳索发出吱吱的响声燃烧了起来，紧绷在阳台和厨房间的绳索无声无息地落到了地板上。

就在这时，一阵拍手声传入屋里，薰大吃一惊，走出厨房，只见身穿黑色夹克的汤川正站在起居室的门口。

"精彩，看来你的实验成功了。"

"老师……您怎么会在这儿？"

"我虽然对调查没什么兴趣，却很想知道你的实验结果，同时也希望亲眼看一下外行到底是怎么做的。地址是草薙告诉我的。"

"您是来泼我冷水的吗？"

"如果你非要这样想的话，倒也未尝不可。"

薰转身走回厨房，两眼望着依旧还在燃烧的蜡烛。

"你在做什么？"汤川在她身后问道。

"看蜡烛。"

"目的何在？"

"我想确认它燃尽后会是什么状态。"

"的确，当时现场没有留下蜡烛烧过的痕迹，所以必须假设它当时已经烧尽了。不过，其实不必用这么长的蜡烛做实验，等它燃尽还得花上很长一段时间呢。"

听汤川这么一说，薰才意识到这个问题。她有些烦躁，但还是一言不发地吹灭蜡烛，折下一厘米左右的长度，再次点上了火。

"你也没必要一直这么盯着吧？蜡烛自然会熄灭的。"汤川说完转身走出厨房，在沙发上坐了下来。

薰拿着剪刀走到阳台，剪断了绑在栏杆上的绳索，回到屋里。

"以防万一，我多问一句。当时尸体上是否拴有这样的塑料绳呢？"汤川问道。

"没有。"

"那么塑料绳被蜡烛烧断后到哪儿去了呢?"

"这个疑问……还没有解决。不过也不能排除缠在尸体身上的绳索在尸体坠落时松动并飘到其他地方的可能性。"

"你觉得凶手当时就是抱着这种侥幸心理犯案并如愿以偿的吗?"

"所以我说这个疑问目前还没有解决。"

薰回到厨房看了看蜡烛,烛火已经熄灭,但留下了一堆蜡痕。虽然她早已大致猜到了结果,但不免还是有些失望。

"就算蜡烛烧尽后没有丝毫痕迹,我也不觉得凶手会使用蜡烛。"汤川站在薰的身后说道。

"为什么?"

"因为他当时并不清楚别人会在案发后多久冲进这间屋子里来,如果早于他算好的时间,就会被人发现蜡烛还在燃烧。"

薰撩起额前的刘海,顺势用双手揪住了自己的头发。"老师真坏。"

"是吗?"

"既然您早就知道结果会是这样,为什么不早点告诉我？这个实验根本就毫无意义。"

"毫无意义？我刚才不过是指出了问题所在，并没有说它毫无意义。我已经说过，这世上不存在没有价值的实验。"汤川再次坐回沙发，跷起了二郎腿，"先动手试一试——这种态度是最重要的。就连很多理科学生整天都只会在脑子里思考理论，而不用实际行动去验证自己的想法，他们是不会取得多大成就的。就算结果显而易见，也还是要亲自动手验证一下，只有在实验中才会有新发现。虽然我找草薙打听地址到了这里，但如果你并没有做实验，我会转头就走，更别提会再次出面协助你们了。"

"您这话是在夸奖我吗？"

"当然是。"

"……谢谢。"薰用连自己都觉得冷淡的语调小声说道。

"草薙的介绍信上说，你一直怀疑一个人。能说说你的依据吗？"

"有几处地方。"

"那都对我说说，尽量简明扼要一些。"

薰把玄关处放有装着内衣的盒子以及被害人生前打算更换密码等情况告诉了汤川。

汤川点点头，用指尖扶了扶眼镜。"这样啊。从你说的来看，冈崎光也确实可疑，不过他目睹了坠楼一幕，有完美的不在场证明。这样一来，也就无法继续追究下去了。"

"但我总觉得坠楼一事或许另有隐情。"

"怎么说？"

"凶手曾击打过被害人的头部，却并不清楚那一击是否已令被害人死亡。可不管怎么说，凶手都没有必要把被害人从阳台上推下去。因为如果当时被害人已死，那也就不必再管了；而如果被害人只是昏了过去，掐死她就行了。尽管被害人体重很轻，但把一个女人弄到阳台上也不是件轻松的事，况且还有可能被人看见，这样做对凶手没什么好处。"

"凶手是否打算制造出死者自杀的假象？"

"草薙前辈和组长都是这样认为的，但既然如此，凶手应该把凶器处理掉才对。他们认为凶器被遗留在现场可能是因为凶手当时不知所措，但实际上凶手冷静地把指纹抹掉了。"

"但被害人确实是从楼上坠落的。"

"没错。所以我觉得凶手那么做的目的不是伪造自杀假象，而是另有图谋。"

"你的意思是，为了制造不在场证明？"

"是的。不知这样想是否有些贸然。"

汤川一言不发地从沙发上站起身来，开始在起居室里来回踱步。

"要想在相隔一段距离的地方使尸体从阳台坠落并不难，像刚才多次提到的那样，问题在于如何善后。如果凶手当时使用了什么东西，一定会留下痕迹。"

"但现在却并未发现任何痕迹。"

"表面上看确实如此，但实际上不过是因为疏漏才没有注意到。现在必须重新审视这间屋里的所有物品，找出能使杀人手法成立的证据。"

"该怎么找呢……"薰再次环视了一下屋子，既没有发现遥控操纵的机器，也没有发现定时器之类的东西。

"从根本上来讲，你的想法并没有错。要把尸体吊起来必须要有绳索，只要能够找到一种尸体坠落后便会消失的绳索，问题也就迎刃而解了。"

"会消失的绳索？"

"怎样才能弄断那条绳索呢？用什么才能不留痕迹？"汤川停下脚步，两手叉在腰间，"屋里的摆设和案发时完全一样吗？"

"应该是的。"

汤川皱起眉头，开始摸下巴。"说起来，这屋子收拾得很整洁，地板上几乎没放东西。"

"这一点也让我很佩服，当时地板上只有凶器。"

"凶器？"汤川看了看脚边，"什么东西也没有啊。"

"确实没有，因为鉴定科的人已经把凶器拿走了。"

"凶器是什么？"

"是一口不锈钢制成的锅。"

"锅？"

"就是那种沉重结实的长柄锅，人被它打到，即便不死也会晕过去。"

"是锅啊。当时它在哪里？"

"记得是在那附近。"薰指了指玻璃窗那边，"而锅盖则在这里。"接着她又指了指墙边。

"什么？"汤川说道，"还有锅盖？"

"是的。"

"锅和锅盖啊……"

汤川转身走向阳台，刚走一半便站住不动了。伫立片刻后，他的目光落到一旁的吸尘器上。接着他突然意味深长地笑了起来，一边笑一边不停地点头。

"老师……"

"有件事要拜托你。"汤川说道，"可以帮我买样东西回来吗？"

"买什么？"

"还用说吗？"汤川微笑道，"当然是一口和凶器一模一样的锅了。"

7

"首先在锅里加入少量水，放到火上煮沸。"

屏幕上出现了汤川的身影，地点在一栋公寓的厨房。这间屋子的结构和江岛千夏生前住的那间完全一样，只是室内的装修不同。这是汤川找人借来暂用的二楼的房间。

"水沸腾了。等到锅中像这样充满了水蒸气时，把锅盖盖上，再马上将其冷却。"

汤川把锅塞进水槽里已经准备好的另一口装满冷水的大锅，拿起一块两厘米见方的冰块。

"用这块冰堵住锅盖上的排气孔，等冰块稍微融化开一点后，就会配合漏气孔的形状自行变形，因此冰块是不会从锅盖上滑落下去的。如此一来锅盖就会像这样牢牢地吸在锅上，无法轻易被分开。"

汤川握着锅盖往上提了提，果然如他所说，盖子和锅牢牢地吸在一起。

"这是因为立即将锅冷却后，锅里的水蒸气又变回了水。锅内气压比锅外低，压力差使盖子和锅吸在一起，不易被掀开。想必各位也时常会碰到汤碗的盖子吸在碗上拿不下来的情况，其实原理是一样的。"

汤川来到起居室，把锅放在地板上，旁边已准备好一个细长型沙袋和一台吸尘器。

"这个沙袋重约四十公斤，和江岛千夏女士的体重大致相同。江岛女士死时身上穿着运动衫，所以我也在沙袋外套上一个相同材质的罩子。运动衫上有连通身体和袖口的部分，所以我在罩子上也剪开了两个洞，把吸尘器的电线全部抽出来从这两个洞中穿过去。"

汤川把吸尘器的电线抽出来拉到头，然后把电线从罩子的洞里穿过去。

"接下来的步骤有些麻烦，但我们还是来尝试一下好了。把这个沙袋搬到阳台上。"

搬好后，汤川又把吸尘器挪到了玻璃门旁。接着，他把一侧的玻璃门关到只剩下五厘米左右缝隙的程度。

"这样一来，就算拖动电线，吸尘器也会被玻璃门卡住而无法移动，电线的一端也就固定住了。至于电线的另一端，我要把它绑在'尸体'上。"

汤川打开另一侧的玻璃门，再次来到阳台，像晒被褥一样把沙袋搭到阳台的栏杆上，之后紧握电线的插头一端，缓缓地把沙袋往外推。眼看沙袋就要从阳台栏杆外侧滑落下去，汤川紧紧地拉着电线，艰难地阻止了沙袋坠落。

摄像机的镜头对准了吸尘器，吸尘器的电线被拉伸到最长，机体则被卡在玻璃门内。

汤川紧握电线走回屋里。

"接下来，刚才那口锅要登场了。"只见汤川用单手把锅拖到身边，将另一只手中紧握的电线缠到了锅盖的把手上，又把插头塞到电线的下边。然后他把另一侧的玻璃门也关到只留下几厘米缝隙的程度，这样一来，缠上了电线的锅也像吸尘器一样被卡在了玻璃门内。确认过一切后，汤川缓缓松开紧握电线的手。

"这样一来，所有的机关就全部设置完毕了。请各位耐心等候，看看情况会变得如何。首先会发生变化的就是紧贴在锅盖排气孔上的那块冰了。时间一久，冰块自然会融化，随之空气就会进入锅里。空气进去后，内外压力逐渐趋同，锅盖也就会从锅上松动脱落开来。现在为了让冰块尽快融化，我把空调设定到比通常稍高一点的温度。"

摄像机的镜头拍下了整个场景，而汤川的身影则消失到了镜头之外。

咣的一声，锅盖与锅分离开来，与此同时，缠在锅盖上的电线如同蛇一般弹了起来，紧接着，沙袋从阳台的栏杆上消失了。

汤川再次出现在镜头中，他走到阳台，朝下边望了望。"没事吧？很好。先那样放着吧，过会儿我去收拾。谢谢。"接着他转身查看了一下吸尘器。"电线已经全部盘回去了，锅也滚落到了地上。实验结束。"

屏幕上的汤川低头行礼之后，薰关闭了摄像机和显示器的电源，小心翼翼地窥视了一下上司们的表情。

间宫面无表情地靠在椅背上，草薙双手抱胸，两眼盯着天花板，其他前辈也全都一副难以置信的模样。

"大体情况就是这样。"薰试探地说道。

"草薙，"间宫开口说道，"是你请伽利略老师出面的吗？"

"我只是写了封介绍信而已。"

"嗯，"间宫托着下巴，"不过，我们没有证据证明冈崎曾经这样做过。"

"确实没有。但既然存在这样的手法，也就不能断定冈崎绝对无辜。"薰说道。

"这事不用你说我也明白。"间宫说完后望了望在场的部下们，"现在开会，调整一下调查的方向。"

草薙看着薰，悄悄地向她竖起了大拇指。

8

推开房门，一个身穿白大褂的背影便映入了眼帘。试管里装着一些透明液体，下面则用酒精灯在加热。身穿白大褂的人正在用摄像机拍摄着这一幕。

"很危险，别再靠近了。"汤川背对着来人说道。

"你在干什么？"草薙问道。

"做一个小小的爆炸实验。"

"爆炸实验？"

汤川从试管旁走开，指了指身旁的显示器屏幕。

"上边不是显示着数字吗，它代表试管中的液体温度。"

"九十五度，啊，上升到九十六度了。"

数字依旧在不断攀升，在达到一百零五时，试管里的液体突然喷了出来，溅到草薙和汤川脚边。

"一百零五度啊，大致和我预想的一样。"汤川走到试管旁，熄灭酒精灯，这才转过身来面朝草薙问道："你觉得试管里装的是什么？"

"我怎么可能知道。"

"你看像什么就随便说说好了。"

"像什么？我看就只是普通的水罢了。"

"说得没错，就是普通的水。"汤川开始用抹布擦拭着被溅湿的桌面，"只不过是用离子交换制成的超纯水罢了。一般情况下，水会在一百度时沸腾，不过沸腾不会突然发生，而是首先出现较小的气泡，随后再冒出较大气泡。但如果条件允许，水能够不经过这些阶段就沸腾，在这种情况下，水不会在一百度的沸点沸腾，而是会在超过其沸点时突然'爆炸'，这种现象被称为'突沸'。所以如果太过相信水会在一百度时变为水蒸气这种常识，可能会被烫得遍体鳞伤。"

草薙苦笑一下，环视了一圈屋内。"好久没听你讲解了，有些怀念起这间研究室了呢。"

"你在这里做过研究吗？"

"我曾在这里看过好几次实验。"草薙说着从手提纸袋中拿出一个细长的盒子，放到了身旁的桌上。

"这是什么？"

"红酒，我也不是很懂，店员给我推荐的。"

"你居然会带礼物来？真是少见。"

"算是一点回礼吧，我的后辈给你添麻烦了。"

"也没什么，只是个简单的物理实验而已。"

"多亏你的实验，案件才得以顺利侦破，所以还是得来向你道声谢。只不过有个令人遗憾的消息要告诉你。"

"让我先来猜猜。"汤川脱下白大褂，挂到椅子的靠背上，"真相和我的实验有出入？"

草薙回望了老朋友一眼。"你已经知道了？"

"我从一开始就不觉得真相是那样，只是试着用那间屋子里的东西看看能否制作出把尸体抛下的定时装置罢了。你刚才说是个遗憾的消息，但对我来说没什么遗憾的。我无所谓，就是不知道那个女刑警会怎么想。"

"那家伙好像觉得有点遗憾。"

"那真相究竟如何？"

"是自杀。"

"果然如此，我早就有这种感觉了。"汤川点了点头。

"怎么说？"

"嗯，边喝咖啡边说吧。"

汤川端来两个不算干净的马克杯，草薙苦笑一下，接过杯子喝了一口。

"我们费尽九牛二虎之力，才查到冈崎是江岛千夏恋人的证据。关键物件是江岛千夏生前持有的一张卡片。经过调查，那是一家地处千叶的情人旅馆的卡片，上面还有冈崎的指纹。据冈崎说，他本打算把那张卡片扔进旅馆的垃圾箱，可江岛千夏又把它偷偷收起来了。"

"她为什么要那么做？"汤川一脸诧异地问道。

"还用说吗，有卡下次再去可以打折。"

"这样啊……后来冈崎也就彻底死心了吧？"

"并没有，他承认了与江岛千夏交往一事，却否认和此案有所关联。他坚称既然目击到了坠楼的瞬间，自己就不可能行凶。"

"那么你们是怎么做的？"

"尽管违反规定，但我们还是给他看了那段你热情出演的实验录像。"

"冈崎一定大吃了一惊吧？"

"眼睛都瞪圆了。"回想起当时冈崎光也的表情，草薙至今都有些忍俊不禁，"当时他完全慌了，说根本就不知道还有这种方法，还说根本不是自己做的。接着他就坦白了，承认曾经击打过被害人。"

"用那口不锈钢锅吗？"

草薙点了点头。

"冈崎家有妻儿，只是抱着玩一玩的心态和江岛千夏交往的，但对方却当真了。据冈崎说，他从没有承诺过什么，但不知何时起，江岛千夏一心认为冈崎会和妻子离婚，然后再和她结婚。不过毕竟死无对证，真相如何谁也不知道。总而言之,那天夜里冈崎去找江岛千夏谈分手的事，没想到对方勃然大怒，还说要打电话到冈崎家。"

"然后就轮到冈崎发火了吧？"

"据他本人所说，当时他又气又急，记不清具体细节了，等回过神来看到江岛千夏倒在地上时还以为她已经死了，一心只想赶快逃走。等他离开公寓目击到坠楼一事时，做梦都没想到掉下来的人是江岛千夏，直到第二天看到新闻后才终于明白他当时并没有把江岛千夏打死，对方是在他走后才跳楼自杀的。"

"然后他又想起正好和送比萨的人有过冲突，是个绝佳的不在场证明，于是主动去找了警察？"

"嗯，大致如此。"

"这样啊。"汤川笑着喝了一口咖啡。

"估计他会被指控为蓄意伤人，却无法按杀人定罪，毕竟我们手中没有能够证明他使用过那种手法的证据。"

"那种手法……"汤川喝完杯里的咖啡，轻轻晃动着马克杯，"其实根本无法实施。"

草薙稍微有些吃惊，盯着老朋友。"是吗？可那段录像不是已经……"

"那段录像里的实验确实成功了，但你知不知道，为了拍摄成功，前前后后实验至少失败了十次。"汤川小声笑道，"有时吸尘器的电线无法盘回，有时锅盖一下子就松开了，总而言之失败连连。那位女刑警似乎是姓内海吧？难为她一直坚持到了最后呢。"

"都没听那家伙提起过。"

"那是因为没有说出来的必要。只须大力宣传成功案例——这可是科学界的常识。"

"那个家伙……"

"不是很好吗?案件因此得以顺利解决。她今后会成为一名不错的刑警,而我也很久没碰上过这么有趣的事情了。"

"有趣吗?那么从今往后也……"

草薙话才说到一半,汤川便像是要打断他一般竖起食指贴在嘴唇上。随后他微微一笑,晃了晃那根竖起的指头。

第三章

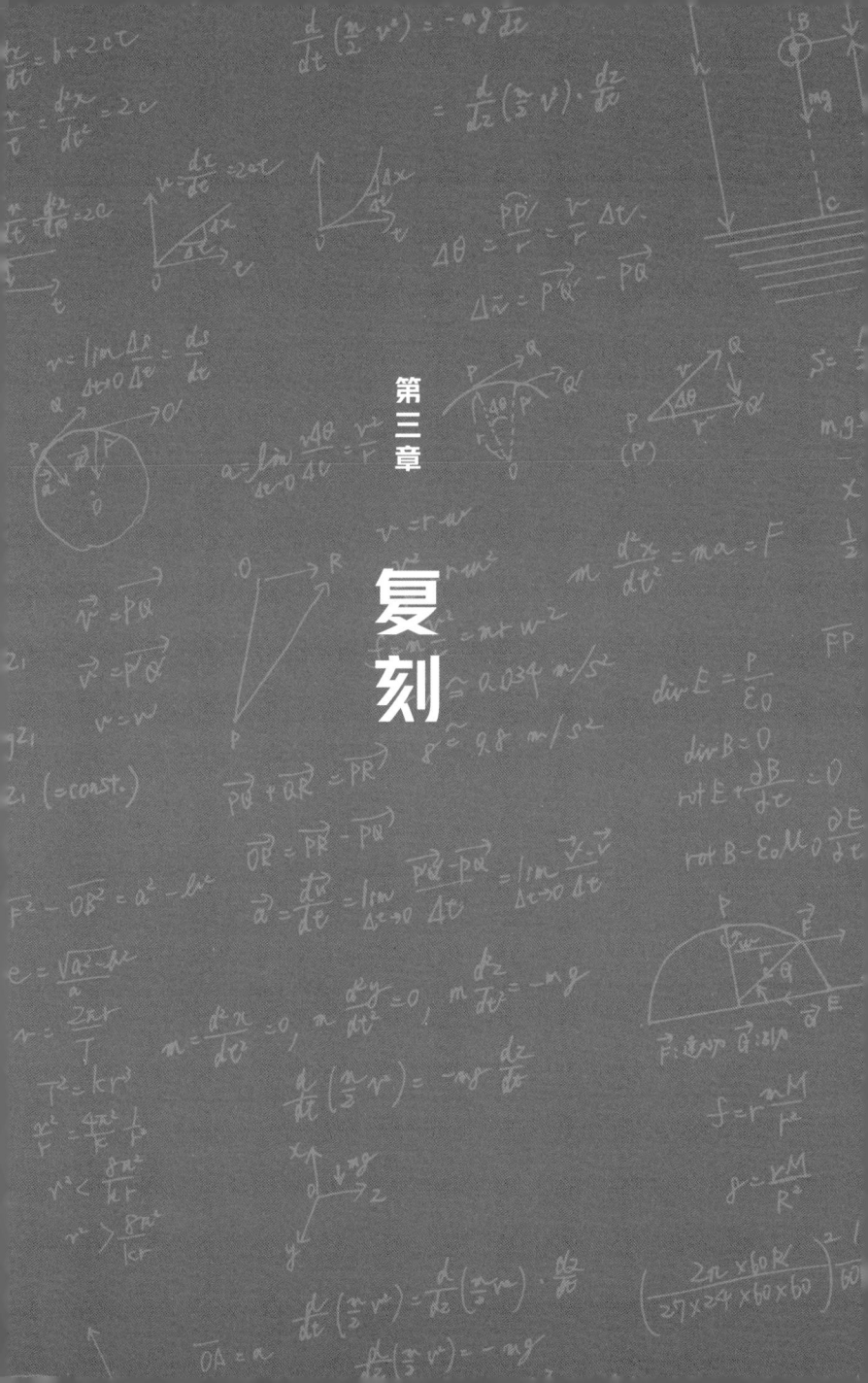

复刻

1

藤本孝夫转动了一下发僵的脖子，听到嘎巴的声音，大概是因为同一个姿势保持太久了。他看了看一动不动的浮标，转头瞪着旁边打了个大哈欠的山边昭彦。"喂！山边，你又被人耍了吧？这种地方不可能钓到鲤鱼啊。"

山边望向一直没有动静的水面，歪着头说："不对啊，我明明在齐藤家看到了，他家的鱼缸里养着他在这儿钓到的鲤鱼呢。"

"是在别处钓到的吧？你被齐藤那家伙骗了。"

"是吗？"山边依然歪着头。

二人正在上初中，是同班同学，因为家离得近，从小就在一起玩。特别是两人都喜欢钓鱼，大概是受到各自父亲的影响。

初一时同班的齐藤浩二告诉山边，从山边住的街区骑车约二十分钟到达自然公园的葫芦池，能钓到鲤鱼。

"他骗人吧？那种池子里怎么可能会有鲤鱼？"藤本孝夫立刻说。

"据说曾有人在那里养殖鲤鱼，不管是当时存活下来的，还是后来繁殖的，总归是有几条的。一般很难钓上来，不过鲤鱼为了准备过冬，秋天时会吃很多食，只要选好位置，还是可以钓到的。"当时山边这样解释道。

虽然半信半疑，但也不是完全不可能，而且二人好久没有去钓鱼了，于是他们约好周日一起来到葫芦池边。

结果却如藤本孝夫所料，别说鲤鱼，连一条鱼的影子都没看见。这也难怪，孝夫看着眼前的景象不禁叹了口气。这里几乎可以用惨不忍睹来形容，池塘和学校的游泳池差不多大，只是形状稍狭长，中间向里凹，这就是"葫芦池"的由来。周围杂草丛生，又远离自然公园的步行道，就连附近居民都不知道这里有池塘。听说以前这里还有水黾、豉甲等昆虫，现在看来，实在无法想象——泡沫塑料包装之类的垃圾漂浮在水面上，一层灰色的油膜仿佛将这些垃圾包裹了起来,还有一些建筑废料、像机器零部件的金属制品等也被胡乱丢弃在池边。

藤本心想,对于从步行道绕路而来的郊游者来说,这里不过是个巨大的垃圾箱,而在那些更不讲道德的人看来,这里就是一个便利的大件废品丢弃场。他收回鱼线,开始收拾鱼竿。"没戏了,回去吧。"

"真的钓不到吗?"山边还有些不甘心。

"不可能钓到的,别浪费时间了。与其在这儿钓鱼,还不如在家打游戏呢。"

"也对。"

"就是嘛,走吧!"藤本整理好钓具,站起身来。

"我被骗了?"

"这是当然啊。"

山边仍嘟囔着看向池塘。

"你真是笨蛋!"藤本骂道。

正在这时,山边的语气突然变了,问道:"咦?那是什么?"

"什么?"

"就是那个。你看,右边漂着一个发光的东西。"

藤本朝山边指的方向看去,只见一个约三十厘米长的扁平物体漂在水面上，在阳光下闪闪发光。"是不是锅？"他说，"便利店卖的那种装锅烧乌冬面的东西。没必要大惊小怪。"

"是吗？可看着怪怪的。"山边起身掸了掸牛仔裤上的土，拿着钓竿沿池边走去。

藤本不耐烦地跟了上去，他觉得山边肯定是因上当受骗还把朋友带到这种地方来而感到不好意思，才故意说些莫名其妙的话。

走到离那个东西相对近一点的地方，山边停住了脚步。那东西离池边两米左右，旁边漂着牛奶盒。

山边用钓竿把它拨到手能够得着的地方，藤本也看清了那个东西。

"这是什么？"

"应该不是便利店的铝锅之类的吧。"山边说着，把那个奇怪的东西拿了起来。

2

看到走上舞台的四名少女，观众席上的草薙不禁睁大了双眼，因为她们怎么看都不像是十三四岁的孩子。她们不仅化着浓妆，妆容还根据各自的相貌化成了成熟且颇具女人味的样子。她们的穿着异常大胆，但因身体发育得成熟，穿如此暴露的服装也并无滑稽感。身为警察，草薙觉得即使在闹市区看到这样打扮的女孩，也不会上前进行教育了。

节奏感很强的音乐响起，四名少女跳起舞来。草薙再次大开眼界，有一瞬间，他都忘了自己是在学校的体育馆。

"这帮孩子是来学校干吗的？难道是为了学习怎么进入色情行业？"草薙低声对邻座的姐姐森下百合说。

"这种程度就让你惊讶了？"姐姐望着舞台说，"这儿还有女生勾引老师呢。"

"真的？"

"美砂告诉我的。她说去年有一个毕业生跟老师发生了关系，还怀孕了。"

草薙吃惊得说不出话来，连连摇头。

昨晚，姐姐邀请他参加外甥女学校的文化节。其实是姐姐想把外甥女的演出拍下来，可是又不会用摄像机，便找他来当摄影师。今天是周六，姐夫却突然接到任务出差了。

就这样，草薙拿着摄像机跟姐姐来到学校。走进体育馆，看到海报后他立刻大吃一惊，因为上面写着"舞蹈冠军赛"。他还以为是来看话剧呢。

"快，下一场就是美砂了。"百合捅了捅草薙的膝盖，草薙连忙拿起摄像机做好准备。

主持人报幕后，上来了五名少女。隔着镜头看到外甥女后，草薙又一次瞠目结舌。少女们身着大红色旗袍，两边的开衩都快高至腰部了。

会场上口哨声四起。

"现在的女孩都是这样的。"走出体育馆时，姐姐百合说。

"我能想象姐夫苦恼的样子。"

"他现在可能也习惯了吧。不过，不久前父女俩还老吵架呢。"

"我真同情他。"

姐姐笑了起来。身为母亲，她似乎对女儿长大没有那么抵触。

"我去叫美砂过来，一起吃饭吧？我请客，就当作让你来拍摄的谢礼。不过，这附近只有家庭餐馆。"

"也不错啊。"

"那你在这里等一下。"

目送姐姐返回体育馆后,草薙注意到了旁边的剑道馆。门前的招牌上写着"奇异物品博物馆"。为了消磨时间,他向入口走去。

草薙从百无聊赖的前台人员面前走过,进入馆内。里面竟真的陈列了一些怪异的物品:"甲子园的土烧成的砖"上有好几个小洞,说明上写着"赛场失意的棒球队员们的泪水滴穿土地形成了小孔";还有不知从哪里捡来的旧毛毯,说明上写着"飞毯(但因超过飞行时间已退役)"。

草薙越看越觉得自己是在浪费时间。让他驻足的,是墙上挂着的一件展品。

那是一张石膏塑成的人脸。说明上写的是"僵尸的死亡面具",样子是闭着眼睛的男子的面容。人脸额头中央有一个黑痣模样的圆形突起,看不出年龄,但明显不是初中生。

作品非常写实,草薙推测这不是塑成的,而应该是用橡胶之类的材料在真实的人脸上取模,然后用石膏浇注而成的。最近市面上出现了几分钟内即可凝结的橡胶。

但是,草薙看着石膏面具,一股异样的感觉袭上心头。

他不知道心中的不安从何而来。想了一会儿，他明白了原因。他是一名刑警，且属于搜查一科，负责的都是命案，自然经常见到尸体。死者有独特的表情——这是他从以往的工作中得到的经验——那是与活人闭着双眼的脸孔截然不同的样子。并不是脸色、皮肤的光泽度等物理性质上的不同，而是整张脸散发出的气氛好像完全来自另一个世界。

这副死亡面具上就散发着这种气氛。但草薙又觉得不可能：一个初中生不可能会用死人的脸制作出一副令人毛骨悚然的石膏面具。应该只是巧合，他试图说服自己，好像不这样做，就无法平静下来。

草薙随意浏览着其他展品，向出口走去，但还是很在意那副死亡面具。

这时，两名女子走了进来，二人看上去都在三十岁左右。她们没有朝草薙的方向看，径直快步向里面走去。这么迫不及待的样子，并不像是为了参观初中生的这些充满调侃之意的展品。草薙不禁停住脚步，目光追随着她们。

两名女子径直冲到了那副面具前。身穿套装的女子说道："就是这个。"

穿连衣裙的女子没有马上回应，只是一动不动地面对着那副面具。但她的神色绝非寻常，这从旁边一直看着她的女子变得苍白的脸色上就能得知。草薙还发现穿连衣裙的女子肩膀在微微颤抖。

"真的……就是？"穿套装的女子问。

穿连衣裙的女子弯下腰，用呻吟似的声音说道："是我哥，没错……"

穿连衣裙的女子叫柿本良子，在东京一家保险公司工作。穿套装的女子是这所学校的音乐教师小野田宏美。二人是同学。

"这么说，是小野田女士先看到了这副面具，觉得很像柿本进一先生，对吗？"草薙看着自己记事本上记的内容，确认道。

"是的。"小野田宏美坐得笔直，点了点头，"我先生和柿本先生很早就认识，还一起打过好几次高尔夫。我听说前一阵柿本先生失踪了，一直非常担心。"

"那你发现这个东西的时候一定吓了一跳吧？"草薙用手里的圆珠笔指了指桌上的石膏面具。

"是啊……"小野田的喉头动了一下，像是咽了一口唾沫，"我真不敢相信。但实在是太像了，连黑痣的位置都一样，所以我觉得必须告诉她。"小野田转头看向坐在旁边垂着头的柿本良子。

"确定是你哥哥吗？"草薙问柿本良子。

"是的。"眼眶一直通红的柿本良子低声回答。

草薙双臂环抱在胸前，俯视着那副死亡面具，不禁陷入了沉思。

他们正在这所中学的接待室里。草薙刚才见那两名女子看到面具后的反应不同寻常，便主动上前询问。二人的回答让草薙觉得面具可能和什么案子有关，于是决定再问问详细情况。原来，那副死亡面具酷似今年夏天失踪的柿本进一的面容。

草薙转向坐在离他们稍远的折叠椅上的瘦瘦的中年男子。他是创立这座"奇异物品博物馆"的理科俱乐部顾问老师，姓林田。

"关于这副面具，您知道些什么吗？"草薙指着面具问道。

林田马上挺直腰板。"嗯，啊，这……我一无所知啊。展览的一切事宜都是交给学生们做的，因为我们重视培养学生的自主性。"用这么急于解释的口吻，大概是怕事情演变成什么责任问题吧。

此时，传来一阵敲门声。林田起身去开门。"正等你们呢，进来吧。"

在林田的催促下进来的是两名男生。二人有着这个年龄段的男生多见的细瘦身材，一人戴着眼镜，另一人额头上长了许多粉刺。

两名男生分别叫山边昭彦和藤本孝夫。戴眼镜的是山边，他手里还拿着一个方形纸盒。

"这是你们做的吧？"草薙来回打量着二人。

两名初中生对视了一下，都轻轻点了点头，露出困惑的表情。

"这张脸的样子是怎么做的？"草薙接着问，"应该是把石膏浇注到面具里面制成的吧？"

山边挠了挠头，嗫嚅道："是我们捡来的。"

"捡来的？"

山边打开方形纸盒的盖子，把里面的东西递到草薙眼前。

"这是……"草薙睁大了眼睛。

那是一副金属面具，准确地说，是和人脸的凹凸正好相反的面具。可见，那件展品是在这副金属面具上注入石膏，凝固后制成的。

草薙看不出是哪种金属，只知道厚度和装饮料的铝罐差不多，呈现出的相貌则毫无疑问和石膏制的死亡面具是同一个。

"你们是在哪里捡到的？"草薙问道。

"在葫芦池。"山边回答。

"葫芦池？"

"就是自然公园里的一片池塘。"藤本从一旁插话道。

根据二人的解释，他们是上周日捡到金属面具的。用它制作死亡面具是山边的创意，结果做得非常成功，便决定作为他们参加的理科俱乐部的展品。

"那里还有其他类似的东西吗？"

"没有了吧？"山边像在征求藤本的意见，藤本无声地点了点头。

"池塘有什么不对劲的地方吗？"

"不对劲的地方？"

"就是和平时不一样的地方。你们有什么发现？"

"我们平时不会去那里。"山边噘起嘴。藤本似乎没有要开口的意思。

草薙看向一直不安地注视着二人的柿本良子。

"听到葫芦池这个名字，你有什么线索吗？你哥哥是否常到那儿散步？"

"我没听说过。"柿本摇着头说。

草薙搓了搓脸，视线又回到刚才记录的内容上。他还无法断定是否应将这件怪事当作案件来考虑，这自然也不该由他做出判断，但他应该如何向上司汇报呢？

"嗯……警察先生……"林田委婉地说道，"如果这副面具的原型真是这位女士的哥哥，那……是不是有什么问题啊？"

看上去十分怯懦的林田说到这里时，敲门声再次传来，他应了一声。

门开了，一名男子探进头来。"不好意思，有位柿本女士……"

"是我嫂子。"柿本良子马上说。

草薙点了点头。来这里询问情况前，他让良子联系了柿本太太。"请她进来吧。"草薙对男子说。

没等男子回答，门就猛地被推开了，一个女人冲了进来。她看上去三十五岁左右，没有化妆，长发草草地束在脑后，看来是急着赶过来的。

"嫂子，这……"柿本良子指着石膏面具。

女人眼睛里充满了血丝。一看到面具，她充血的双眼顿时瞪得更大了。"和我老公……"

很像吗——草薙差点儿问出口，然而他知道没必要再问了。只见那个女人右手捂住嘴，呻吟着瘫倒在地。

3

研究室的门上照例贴着去向告知板，上面代表汤川学的磁片贴在"在室"一栏。草薙敲了敲门。

"请进。"里面传出声音。

开门的一瞬间，左面传来砰的一声轻响。草薙看向声音传来的方向，发现一个救生圈大小的白色烟圈正缓缓飘来。他"啊"了一声，不禁踉跄了一下。随即又是砰的一声，只见同一个方向又飘过来一个和刚才一样的白圈，还能闻到一股蚊香的味道。等眼睛适应了室内的光线，他看见昏暗的房间一角放着一个大纸箱，正面有一个直径十几厘米的洞。身穿白大褂的汤川学正站在箱子旁，袖子挽到了手肘处。

"这是迎宾用的狼烟。"汤川说着，敲了敲箱子的背面。

白烟随即从箱子正面的洞里喷出，形成一个甜甜圈的形状，向草薙飘来。

"这是什么？又是某种装置吗？"

"不是。只不过是在箱子里放了蚊香而已。等到里面充满了烟，拍一下箱子，就会冒出烟圈。你们这些烟民中不是有人很喜欢吐烟圈吗，和这个原理是一样的。说到流体，真是能引发不少有趣的现象。我认为，世上某些奇异现象就是流体的恶作剧。"说着，汤川按下墙上的开关。昏暗的室内立刻被荧光灯照得通明。

"要是你能解决我带来的奇异事件，那就帮大忙了。"草薙说。

汤川在铁管椅子上坐下来。"你今天带来了什么样的奇异事件？有亡灵出现的？"

"你的直觉还真灵。"草薙打开运动包，取出装在透明塑料盒里的东西，"这可是亡灵的面具。"

看着盒子里的金属面具，汤川挑起了一侧的眉毛。"我看看。"他伸出右手。

"是铝制的。"汤川一拿过来就说道。

"我第一次见到的时候就知道。"草薙的鼻孔微张着。

"是啊，大概连小学生都知道。"汤川干脆地说，"为什么说是亡灵的面具？"

"这是件怪事。"

草薙向汤川讲述了在外甥女的学校发生的事。物理系副教授则靠在椅背上，两手交叉垫在脑后，闭着眼睛听着。

"这么说，面具的主人是一个已经失踪的男人？"听完后，汤川问。

"嗯，应该是的。"

"为什么这么确定？"

"因为已经发现了尸体。"

"尸体？"汤川直起身，"怎么发现的？"

"从葫芦池里打捞上来的。"草薙说道。

三天前，尸体被打捞了上来。由于柿本进一的妻子昌代和妹妹良子都确认面具原型就是进一无疑，警方立刻对葫芦池展开搜寻，几小时后发现了尸体。

尸体腐烂严重，从衣着已无法确认身份。但是，通过牙齿的治疗痕迹，警方很快断定就是柿本进一。

"为什么池塘里会有死者容貌的面具呢？"汤川眉头紧锁，问道，"而且还是金属的。"

"就是不明白这一点，我才来找你的嘛。"

闻言，汤川轻哼了一声，用中指推了推眼镜。"我

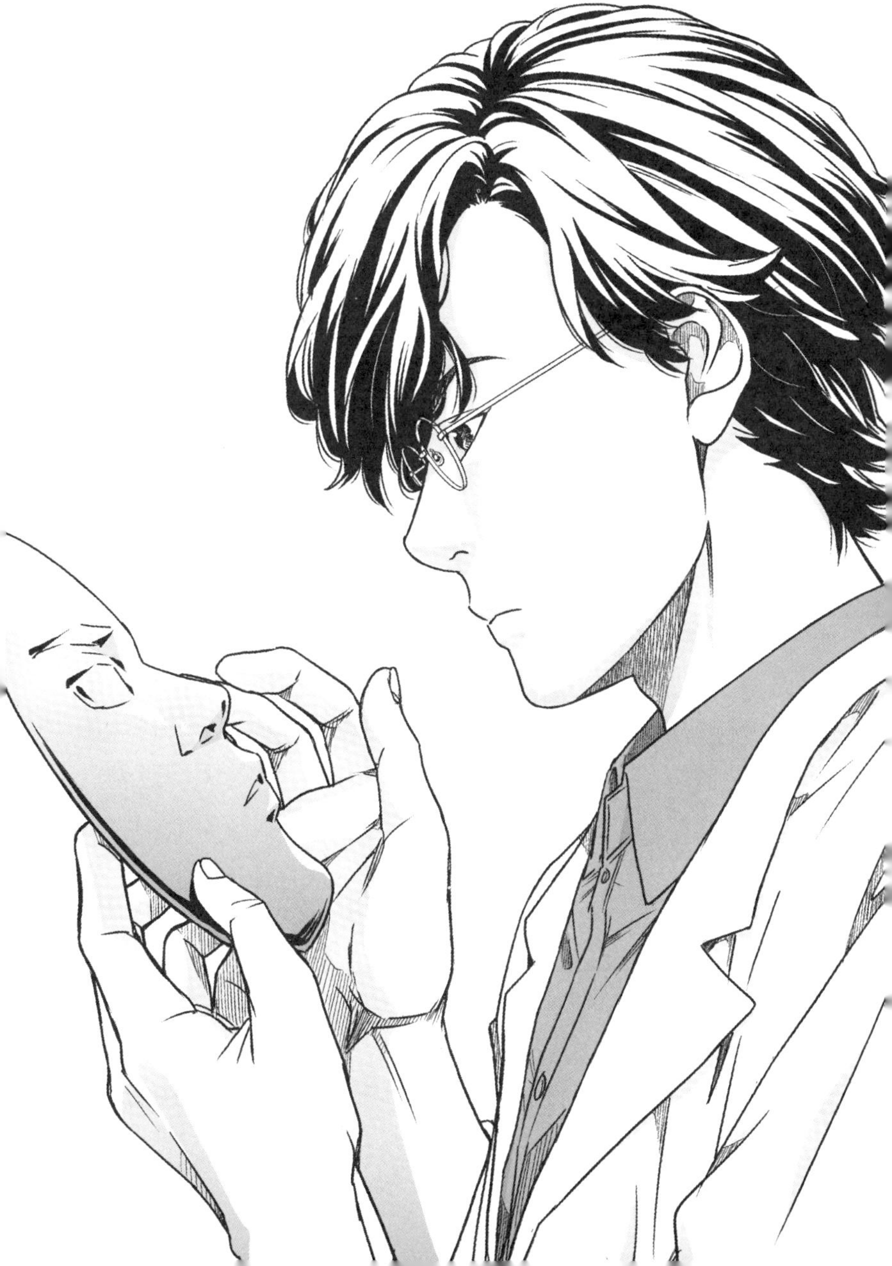

又不是通灵师，更不是能回到过去的时间旅行者。"

"但你能帮忙找出面具的真相吧？"草薙拿起金属面具，"我们有两点不明白：第一，它是怎么做出来的？第二，凶手为什么要做这个东西？"

"凶手？"汤川皱了皱眉，凝视着老同学，缓缓点了点头说，"原来如此。如果不是他杀，搜查一科的刑警也不会这么着急。"

"已经发现死者的头部一侧有凹陷，推测是被相当重的钝器重击所致。"

"凶手是个男人？"

"或是一个臂力很大的女人。"

"你不是说面具的主人有妻子吗？她或许就是凶手，真凶就在身边，还是个女人，这不是推理小说惯有的情节吗？"

"死者的太太身材矮小，看上去也不像有力气的样子，应该不会是她。不过，我也不打算无条件地把她排除在嫌疑人名单之外。"

"妻子杀死丈夫后，为了留念，做了一副死亡面具，然后把用来做面具的铝制模型和尸体一起抛到了池塘里。这样解释倒也说得通。"汤川从草薙手中接过金属面具，细细打量起来，他虽然在调侃，目光却恢复了科学家该有的样子。

"就算只推理出它是怎么做出来的也好啊。"草薙看着汤川说道。

"警方应该已经研讨过了吧？"

"我问过鉴定科的人，他们做了许多次实验。"

"比如说？"

"最初，他们尝试用同样薄的铝片直接按在人脸上取模。"

"有意思。"汤川笑了笑，"结果如何？"

"根本行不通。"

"这是肯定的吧？"汤川笑了出来，"如果这样就能给人脸取模，蜡像师就能省去不少功夫了。"

"不管怎么小心翼翼地操作，脸部的肌肉都会变形。说得极端一点，这样取下的人脸模型，就像是套着丝袜的模样。所以我们就想，或许是因为从活人的脸上取模，用这种方法才行不通。如果在已死的人脸上，可能会成功。"

"因为人死后会变僵硬。"汤川点着头说道。笑容已经从他脸上消失。

"用真正的尸体可能不太合适，所以我们用其他案件中的脸部复原模型做了实验，却做出了似是而非的成品。"

"似是而非？"

"模样像人脸，但遗憾的是，没有这副面具做得这么完美。"草薙指着汤川手中的金属面具说，"具体来说，是无法像它一样精确地表现出细节的凹凸。如果使用更薄的材料，比如铝箔之类的东西也许效果好一些。这种厚度的材质则很难办到。"

"这副金属面具如果是铝箔制成的，恐怕无法一直到现在还保持原样。"

"总之，鉴定科的结论是，需要在铝材上始终保持足够强劲且均匀的力度才能制成。"

"我也同意。"汤川把金属面具放在桌上，"你们在制作技术方面陷入了迷阵。"

"确实如此。"草薙承认道，"怎么样？物理系的汤川老师也束手无策吗？"

"你的激将法对我可没用。"汤川起身向门边水槽旁的台子走去，"来杯咖啡？"

"我就不要了，反正也是速溶的。"

"不要看不起速溶咖啡。"汤川把一看就很廉价的咖啡粉倒入依然没有仔细清洗过的马克杯里，"在制作技术上，需要不厌其烦地反复试错。很多人可能不知道，现在已经成为商品的速溶咖啡最初是日本人开发出来的。当时采用的是圆筒烘干法，即把咖啡提取液烘干而成。后来麦斯威尔公司发明了喷雾烘干法，速溶咖啡的味道得到提升，消费量也增加了。到了七十年代，出现了真空冷冻干燥法，并且成为现今的主流。怎么样？别看都是速溶咖啡，讲究还挺多的吧？"

"话是这么说，可速溶咖啡还是有点……"

"我想说的是，无论什么东西，都不是轻易就能做出来的。不管是铝制的面具也好，速溶咖啡也好，都是如此。"汤川把热水倒入马克杯，用小勺搅了搅，站着闻了闻，"很香，是科学文明的味道。"

"这副面具上也有香气？"草薙指着桌上问。

"有啊，扑鼻而来呢。"

"那——"

"我有两三个问题。"汤川端着杯子打断道，"葫芦池在哪儿？是什么样子？"

"什么样子……"草薙摸了摸下巴，"就是山脚下的普通小池塘。特点是非常脏，到处都是垃圾。周围杂草丛生，附近还有步行道，那一带现在是自然公园。"

"有人在那里狩猎吗？"

"狩猎？"

"有没有背着猎枪的猎人在那附近出没？我说的不是霰弹枪，而是来复枪。"

"来复枪？你在开玩笑吗？"草薙笑着说，"那么小的山，哪需要用到来复枪？也没听说动物园的狮子跑出来，更何况那里还禁猎。"

"是吗？果然是这样。"汤川神情严肃地喝了一口咖啡，看上去不是要开玩笑才提到了来复枪。

"来复枪怎么了？刚才我说过，尸体的头部一侧有被钝器重击过的痕迹……"

"这我知道。"汤川摆了摆空着的那只手，"我不是在说死因，而是在想面具的制作方法。不过，看来跟来复枪没什么关系。"

草薙无奈地看着朋友。和他交谈，时常令草薙觉得自己的反应非常迟钝。为什么会提到来复枪，草薙完全摸不着头脑。

"去葫芦池看看吧。"汤川突然说道。

"随时奉陪！"草薙回答。

4

离开汤川的研究室后，草薙和同事小冢约好一同去柿本进一家。因守灵和葬礼等事，他们一直没有机会向死者的妻子昌代了解详细情况。

从国道下来，有一片位于坡路上的住宅区，柿本家在最里面。从院门进去，走上小小的台阶就是玄关。旁边车库的卷帘门放了下来。

柿本昌代独自在家。她看上去有些疲惫，但头发梳得整整齐齐，还化了妆，所以比上次见面时显得年轻一些。可能是因为还在服丧，她穿着暗色衬衫，不过特意戴了一对小小的珍珠耳环，能看出她对装束十分注意。

草薙和小冢被请进客厅。八叠大的房间里放着皮质沙发。墙边的架子上有几个奖杯，从奖杯顶端的图案来看，是参加高尔夫球赛得来的。

柿本进一继承了父亲创立的诊所，生前是一名牙医。诊所的患者可麻烦了，草薙看着墙上贴的奖状心想。

听昌代脸色阴沉地说完守灵和葬礼很辛苦后，草薙转入了正题。"后来您有没有想起什么新的情况？"

昌代右手抚着脸颊，像是在忍耐牙痛。"发现丈夫的遗体后，我又仔细想了想，还是没有头绪。怎么会突然变成这样了呢……"

"关于您先生和葫芦池的关系呢？也没有想起什么吗？"

"没有。"昌代摇摇头。

草薙打开记事本。"我想再确认一遍，您最后一次见到您先生，是在八月十八日，周一的早上，对吧？"

"嗯，应该是的。"昌代立刻答道。她看都没看墙上的挂历，大概这个问题她已经被问过多次。

"您先生当天和别人约好打高尔夫，所以早上六点驾车从家离开。车是……"草薙又看了一眼记事本，"嗯……是黑色奥迪。到此为止，您有没有需要纠正的？"

"没有，正如您所说。那天，住在对门的滨田一家好像要去伊豆。我记得他们也是一大早便开始准备，往车上搬行李。所以应该没错，是十八日。"

"此后您先生一直没回来，第二天白天您向警察局报了案，对吧？"

"是的。我本来以为他打完高尔夫又去喝酒了，喝醉后在外面住了一夜，以前有过一次这样的事。但是等到第二天，他也没有联系我，我便给和他一起打球的朋友打电话，结果对方说根本没有和他去打球。我这才非常担心……"

"就去报案了？"

"是的。"昌代点了点头。

"早上您先生出发后，一次也没给您打过电话吗？"

"没有。"

"那您也没有给他打过？他好像带着手机。"

"晚上我打了好几次，但都没打通。"

"打过去后是什么状态？光听见铃响却没有人接吗？"

"不是，电话里的提示音说对方不在服务区或是已关机。"

"这样啊。"草薙用大拇指不停地按着圆珠笔的顶端，笔尖进进出出。这是他烦躁时的习惯。

在柿本进一失踪后的第四天，他的黑色奥迪车在埼玉县高速公路的辅路上被发现。警方随后对周边进行了搜查，却没有发现任何能反映柿本进一行踪的线索。可以说，警方对柿本进一失踪一事没有进行任何调查。如果不是两个月后两名初中生拾到了金属面具，并借它用石膏做成死亡面具，进而被音乐老师发现面具的样子酷似朋友的哥哥，相关的侦查可能至今还处于停顿状态。

从被发现的黑色奥迪车里找到了柿本进一的高尔夫球袋、运动包和球鞋的鞋盒。车内没有打斗过的痕迹，也没有血迹。另外，根据柿本昌代的证词，并没有物品失窃。

葫芦池距发现奥迪车的地点相当远，估计是凶手为防止尸体很快被发现及扰乱警方的视线，故意将汽车转移到别处的。

"汽车现在停在车库里吗？"草薙问。他正在考虑是否应该让鉴定科的人再调查一次。

昌代面带歉意地摇了摇头。"已经处理掉了。"

"什么？"

"一想起那辆车不知被什么人开过，我就觉得不舒服，而且我也不会开车。"接着，她又低声说了句"抱歉"。

也不是不能理解，草薙想，如果留下那辆车，每次看到难免会带来不好的联想，肯定感到难受。"柿本太太，可能这个问题您回答过多次，也许都被问烦了。您是否能想起来有什么人对您先生怀恨在心，或是能在您先生死后受益，又或者如果您先生活着就会对某人不利？"草薙不抱希望地问道。

柿本昌代双手放在膝上，叹了一口气。"这个问题我确实被问过很多次了，对此我完全想不到什么线索。这些话由我来说也许有些不合适，但其实我丈夫是个有些懦弱的老好人，别人求他办事，他从来都说不出拒绝的话。连让他买马这种事，他都答应了。"

一直沉默的小冢抬起头。"什么马？是赛马吗？"年轻的刑警兴奋地问。草薙想起他是个赛马迷。

"是的。我丈夫并不是特别喜爱赛马，可是在朋友的极力劝说下，和对方一起购买了一匹。"

"出了不少钱吧？"草薙问道。

"这……"昌代歪着头，珍珠耳环摇晃起来，"我没有仔细问。可能有一千万吧，我记得听他打电话时说过。"

"这是什么时候的事？是在今年吗？"

"是的，应该是春天的时候。"昌代抚着脸颊说。

"您知道那位朋友的名字吗？就是和您先生一起买马的人。"

"知道。他姓笹冈，应该是我丈夫的病人。那人有些奇怪，我不太喜欢他，可他好像和我丈夫很合得来。"昌代微微蹙着眉。或许有什么事使她对那个人留下了坏印象。

"方便告知他的联系方式吗？"

"好的，请等一下。"昌代起身走出了房间。

"真厉害，居然拥有一匹赛马！"小冢低声对草薙说，"牙医果然挣钱多啊。"也许是想起了看牙的经历，小冢摸了摸右边的脸颊。

草薙没有回应小冢，而是重新看了一遍笔记。这匹马现在在哪儿呢？

5

汤川一直站在那里，双手插在纯棉长裤的裤兜里，镜片后的目光中流露出不悦。"真是过分！"他愤愤不平地说，"今天到这里来，又一次让我见识到我们的道德水平是多么低下！与其说我感到愤慨，不如说是悲哀。"

一旁的草薙看着葫芦池。同打捞尸体那天一样，这里依然到处都是各种废料和大型垃圾。绊住他们脚步的汽车蓄电池，上次来还没有。"这就是日本人干的事，太让人羞愧了。"草薙说。

"也不只是日本人。"

"是吗？"

"印度把核电站产生的放射性废料非法丢弃到河水

里，苏联也曾把同样的东西倾倒进日本海。不管科技多么发达，只要使用者的内心没有改变，就会发生这种事。"

"只是使用者的问题吗？推动科学技术发展的科学家的内心又如何呢？"

"科学家是纯粹的，否则，戏剧性的灵感就不会造访。"汤川冷淡地说完，朝池边走去。

"真是随心所欲啊。"草薙笑着说道，跟了上去。

汤川站在池塘边，望着水面。"尸体当时是从哪里打捞上来的？"

"就在那边。"草薙指着池塘向里凹的部分，"过去看看。"

在发现尸体的地方附近，大型垃圾和金属废料尤其多，都是打捞时一起从池底捞上来的。每样东西上都牢牢地附着着一层灰色的土，这些土原本是池塘底下的淤泥，现在已经风干了。

汤川看着脚下，目光停在了某处。他蹲下捡起一个东西。

"这么快就有发现了？"草薙问道。

汤川手里拿的是一块边长三十厘米左右的金属片，草薙上次来的时候就看见过几块。

"大概是某个厂家丢弃的废料,我们正在寻找是哪个厂。"

"这好像就是做面具的材料。"

"鉴定科也是这么说的。材质一样,我想应该没错。"

汤川环视四周,又捡了两块铝片,然后将视线投向旁边的草丛,又捡起一根包裹着黑色绝缘外皮的电线。

"这根电线有什么问题吗?"草薙在旁边问道。

汤川没有回答,盯着电线的一头。裸线的顶端像是熔化后又凝固了,卷成了一团。电线的另一端缠在距池边数米处一根约一米长、生了锈的轻型钢筋上。他开始用力拉电线。

"打捞尸体时,好像也捞上来一根同样的电线。"

草薙话音未落,汤川猛地回过头,眼镜都差点儿晃掉了。"那根电线被扔到哪儿去了?"

"应该没有扔掉。那根电线可能接触过尸体,所以应该是鉴定科的人把它收走了。"

"能不能拿给我看看?"

"应该可以。我去问一下。"

汤川满意地点了点头。"你还要帮我查一件事。"

"什么事?"

"帮我问问气象厅今年夏天所有打雷的日子。"

"打雷？"

"特别是这一带打雷的日子。"

"这个一问就能知道。不过,案子和打雷有什么关系？"

汤川再次看向池塘,露出了意味深长的笑容。

"什么啊？笑得这么吓人！你明白什么了吗？"草薙问。

"现在还无法断定。等确定后,我再和你说清楚。"

"别卖关子了,现在就把你知道的说出来吧！"

"很遗憾,没有经过实验的确认,科学工作者是不能把自己的假设贸然说出口的。"说着,汤川把三块铝片和脏污的电线塞到草薙手中,"走,我们回去吧。"

6

在新宿的一栋大厦里,草薙和小冢一起见到了笹冈宽久。这里是一家名叫"S&R股份有限公司"的事务所,看上去颇为可疑。

"我们的业务主要是向企业批发电脑,也给软件研发公司做一些中介服务,公司最近才刚刚上了轨道。"被问及公司的业务内容时，笹冈这样介绍道。

这个看上去四十岁出头的男子十分健谈，对工作上的事问一答十，但仔细听就会发现他的话基本都是务虚之谈，没有多少有价值的内容。由于有隔断，看不到办公室里面的情形，也感觉不到有业务员在工作。当听到笹冈笑着说"怎么样，您也买一台电脑吧？今后这方面的知识都是必需的呀"，能感觉他带有一种十分明显的愚弄之意。草薙也不禁认同了昌代对这个人的评价——有些奇怪。

草薙首先问笹冈是否认识柿本进一。笹冈的表情立刻发生了转变，感慨地说道："岂止认得，我一半的后槽牙都是柿本医生治的。"他摸了摸下巴。"事情变成这样，我很难过。之前我就听柿本太太说柿本医生失踪了，一直担心他是不是出事了。已经过了两个月，老实说，我觉得生还的可能性很小。我现在还是难以接受这样的结果，不知道该怎么说。"

"您参加他的葬礼了吗？"草薙问。

"很不巧，我因为工作上的事没去成，只慰问了一下柿本太太。"

"柿本先生的遗体被发现一事，您是听谁说的？"

"我是在报纸上看到的。上面说是一所中学的文化节上展出了柿本医生的脸部模型,随后他的遗体才被人发现。于是我联系了柿本太太,问了葬礼在什么地方举行。"

"原来如此。有些报纸确实做了夸张的报道。"

"今秋神秘案件:中学校园展出死亡面具,相关人士难解奇异原委"——草薙想起了那个大标题。

"听起来真是不可思议。为什么那种地方会有人脸模型呢?"笹冈双臂抱在胸前,一副百思不得其解的样子,用窥伺般的眼神看着草薙,"警方对此怎么看?"

"现在还在调查。鉴定科的同事很头疼。"

"是吗?"

"我那个迷信的上司还说什么可能是死者的怨念刻在了尸体旁边的铝片上。"

这是骗人的,其实草薙的上司是一个厌恶非科学事物的理性主义者。

"怎么会有这种事……"笹冈脸上浮现出不自然的笑容,似乎被草薙的话吓住了,"那么……"他撩起阿玛尼西装的袖口,做了个看表的动作后说,"您今天来有什么事吗?只要是我知道的,一定知无不言。"他的语气听上去很诚恳,却也在暗示他提供不出有用的线索。

"我想问一下关于马的事，"草薙说，"就是赛马。您曾劝柿本先生和您合买一匹马，是吗？"

"啊，这个啊……"笹冈神色怪异地点了点头，"非常可惜，辜负了柿本医生的期待，最后给他添了很多麻烦。"

"您的意思是最后没有买成？"

"本来是件好事，别人给我介绍了一匹血统非常纯正的赛马。可我还在找合伙人的时候，就被别人捷足先登了。这种事自然也是常有的。"

"是通过中介商谈的吗？"

"是啊。"

"麻烦您把中介的联系方式告诉我，我们需要例行确认一下。"

"没问题。哎？我把名片放哪儿了？"笹冈摸了摸胸前的口袋，咂了咂舌，"糟了，我放在家里了。之后我再告诉您，可以吗？"

"好的。小冢，你记得再和笹冈先生联系。"

"是。"年轻的刑警立刻应道。

"感觉真是奇怪，好像我有嫌疑似的。"笹冈露出讨好似的笑容说道。

"很抱歉。我理解您可能会感到不愉快。不过对于警方来说，我们不能忽视柿本先生银行账户上的大笔资金被转出一事。"

"大笔资金？"

"没错。一千万对我们这些工薪族来说就是一大笔钱了。您收到过这笔钱的支票吧？"

笹冈轻咳一声。"嗯，呃……那是买赛马的钱。"

"那张支票应该已经兑现了，钱后来是怎么处理的？"

"当然是还给柿本医生了。"

"怎么还的？通过银行转账？"

"不，用现金还的，我亲自把钱送到了他家。"

"这是什么时候的事？"

"什么时候……已经过了很久了，我记得是七月底。"

"柿本先生收钱的时候，没有写字据一类的证明吗？"

"我拿到支票时写了借据，还钱后，柿本医生便把借据还给我了。"

"借据现在在您那里吗？"

"不，我已经处理了，因为这件事回想起来也不是什么美好的记忆。"笹冈说完，又看了一眼手表。这次他表现得非常刻意，看来已经急于结束这次谈话了。

"最后还要例行确认一件事。"草薙特意在"例行确认"

这个词上加重了语气,"我希望您能将八月十八日起十天内的行动尽可能详细地告诉我们。"

笹冈的脸一下子涨红了,但他依然面带讨好似的笑容来回看着两名刑警。"看来你们果然在怀疑我。"

"非常抱歉。不过,不只是您,在警察面前,所有人都有嫌疑。"

"我希望能早日从嫌疑人名单上被删除。"说着,笹冈翻开放在手边的手账,"您是说从八月十八日开始,对吧?"

"是的。"

"太好了!我有不在场证明。"笹冈看着手账说。

"什么样的证明?"草薙问。

"我那天正好去旅行了,去了中国两个星期。瞧,这儿写着呢。"笹冈翻开日程表那页给草薙看。

"您是一个人去的?"

"怎么可能?我和客户共四个人一起去的。如果您答应我不给对方添麻烦,我可以把他们的联系方式告诉您。"

"这是自然。"

"请等一下。"笹冈起身走了出去,身影随即消失在了隔断的后面。

草薙和旁边的小冢对视了一下,年轻的小冢微微歪了歪头。

笹冈很快拿着一个 A4 大小的名片夹回来了。

"您是从成田机场出发的，对吧？"草薙一边抄下笹冈指的名片上的名字和联系电话，一边问道。

"是的。"

"几点出发的？"

"我记得是十点左右。不过，我八点就到机场了，因为我们约好八点半集合。"

"我了解了。"草薙在心里计算着时间：柿本进一是早上六点离开家的。将柿本杀掉后扔进葫芦池，再把黑色奥迪车弃置在埼玉县，最后赶在八点多到达成田机场，这可能吗？

数秒之后他便得出结论：绝对不可能。

7

草薙把汤川不知从哪里找出来的剩了一半的爆米花塞进嘴里，然后敲了敲不锈钢桌子。"不管怎么看，他都很可疑，除了他没有别人了。"他一口气说完后，喝下一大口速溶咖啡。一股自来水特有的铁锈味在口中扩散开来，他却没有心思抱怨。

"可是敌人有铁一般的不在场证明。"站在窗户旁喝咖啡的汤川回应道。今天窗户罕见地敞开着，风吹进来时，他泛着茶色的头发也随着窗帘和身上的白大褂微微晃动。

"你不觉得这个巧合太不自然了吗？偏偏就在柿本进一失踪当天，他跑到国外旅行。"

"如果是偶然，那可以说这个人太幸运了。要是他没有这个不在场证明，就会受到拷问般的审讯了吧？"

"现在可不会做这种事了。"

"这我就不知道了。"汤川拿着马克杯面向窗外，夕阳照在他的脸上。

草薙又把几粒爆米花放进嘴里。

调查了笹冈的不在场证明后，警方发现他说的几乎全都属实。同行的几个公司职员都证实八月十八日上午八点半在成田机场见到了笹冈，旅途中他也没有偷偷回国的迹象。

然而从动机来讲，没有人比笹冈更可疑。据和他联系过的赛马中介说，他确实来咨询过，可是并未谈到具体事宜，联合购买更是初次耳闻。且在调查笹冈时发现，今年夏天以前，他因在多家金融机构有贷款未还清而苦恼，夏天过后，贷款竟全部还清了。草薙推测，柿本进一的那一千万也许就用在了这里。

可是从现在的情况来看，警方还无法逮捕笹冈，因为他根本没有作案的可能。

"对了，你帮我查那件事了吗？"汤川再次面向室内，"打雷的事。"

"嗯，当然查了。"草薙从上衣的内侧口袋里拿出记事本，"不过，这到底和本案有什么关联？"

"你先说说查到的结果吧。"

"对这种目的不明的调查，我多少有点抵触啊。"说着，草薙翻开记事本，"嗯……首先是六月。"

"从八月开始说就可以了。"汤川冷淡地说。

草薙怒视着好友因逆光而显得表情模糊的脸。"你说要今年夏天的情况，我才从六月份开始查的！"

"是吗？不过，从八月开始就行。"汤川似乎对草薙的不满情绪毫不在意，面无表情地把杯子凑近嘴边。

草薙叹了一口气，视线回到记事本上。"八月份整个关东地区打雷的地方……"

"单说东京就好，尤其是葫芦池所在的东京西部。"

草薙气得把记事本倒扣在了桌上。"为什么一开始不这么说？那样我查的时候就简单多了。"

"抱歉。"汤川说道，"接着讲。"

"你真的感到抱歉吗？"草薙嘟囔着再次翻开记事本。"八月份葫芦池附近只有十二日和十七日两天打雷了，九月份是十六日和——"

"等等，停一下。"

"又怎么了？"

"你说十七日，确定吗？肯定是十七日？"

"没错。"草薙把记事本上的内容仔细地看了好几遍，"有什么问题吗？"

"这样啊，十七日啊，八月十七日。下一次打雷就是九月十六日了。"汤川随手把杯子放在旁边的桌上，左手插进白大褂的口袋，右手轻轻搔着脑后，慢慢踱起步来。

"喂，怎么了？不用再往下听了吗？"草薙看着在室内徘徊的汤川问。

汤川突然停住脚步，挠着头的手也停下了。他盯着某处，像个木偶一样一动不动。

过了片刻，他低声笑了起来。因为非常突然，草薙一瞬间还以为他痉挛了。

"那个人出去了几天？"汤川问。

"什么？"

"就是你认为可疑的那个人。他去了中国几天？"

"啊……两个星期。"

"两个星期，这么说，他是在九月初回到日本的？"

"嗯，是的。"

"他不可能在回日本后作案吗？这样一来，令你头疼的不在场证明就不存在了。"

"我也想过这一点，可是不行。"

"因为死亡时间？"

"是啊。根据专家的意见，从尸体腐烂的程度来看，被害时间最晚也在八月二十五日左右。九月以后应该不可能。"

"是吗？"汤川坐到最近的椅子上，"没有九月后被害的可能性吗？原来如此。"他微微晃动着肩膀笑了起来，"是啊，只可能是这样。"

"什么意思？"

汤川跷起腿，十指交叉放在膝上。"草薙警官，你似乎犯了个很大的错误。啊，说错误也许太苛刻，你是中了凶手的圈套。"

"为什么这么说？"

"我告诉你一个意外的消息,"汤川推了推眼镜,"作案时间是在八月十七日之前。"

"什么?"

"没错。也就是说,死者在八月十八日还活着,是个谎言。"

8

两名初中生发现金属面具三周后的周日,柿本昌代承认了自己是笹冈宽久的共犯。笹冈被捕使她在一定程度上不再有侥幸心理,当得知警察在她家车库的卷帘门上检出了笹冈的指纹,她终于供出了实情。

"是他提出杀人的,我并不想那么做。可他说如果我不听他的,就把那件事告诉我丈夫。我不得已才按照他说的做了。"昌代唾沫横飞地辩解道。

"那件事"指的是她和健身俱乐部教练的婚外情。笹冈发现了此事,并以此胁迫她配合。

笹冈却是另一种说法:"她说是我怂恿的?太荒唐了吧!明明是她丈夫发现她出轨,要和她离婚,她才来找我,求我帮她想办法，条件是帮我还贷款。对了，她还说买马的钱也不用还了。我当初真的是为了买马才筹款的，丝毫没有欺骗的意思。那个女人太过分了！我被她利用了。"

到底二人谁说的才是真的，负责审讯的警察一时也无法判断。

草薙估计二人的话真假参半，因为从犯罪过程来看，他们的行动都相当积极。

根据二人的供述，实际作案时间是八月十六日深夜。柿本进一洗澡时，昌代引导笹冈进入家中，笹冈用铁锤将柿本进一击打致死。

处理尸体则是在第二天一早。笹冈驾驶柿本的奥迪车将尸体运出，沉入葫芦池。回来的路上，他把车子丢弃在了埼玉县。

问题在于第三天。两人想制造当天早晨柿本还活着的假象，以此提供完美的不在场证明，于是他们准备了一辆同款奥迪车，故意让邻居看到汽车从柿本家车库开出的情景。

然而，正是这个小伎俩暴露了致命的破绽。

推理出了作案时间在十七日前，草薙便思考起另一辆奥迪车的来源。经调查，和笹冈一起赛马的朋友中，有一个人拥有同款奥迪车。此人应该和案件无关，痛快地承认十八日那天借出过汽车。

现在看来，这只是个简单的把戏，但让警方开始怀疑笹冈的人正是昌代，所以才一直没有想到两人的同谋关系。他们预料到警方迟早会盯上笹冈，便将计就计，而警方也恰恰落入了这个陷阱。

"汤川到底是怎么想到作案时间可能是在十七日前的？"草薙的上司问了他好几次。

草薙指了指脑袋答道："这里不一样嘛。"

9

草薙被带到一栋建筑前，门上写着"高压研究室"和一排黄色的字："危险！闲人免进！"这已足够让他胆怯了，进门后看到的景象更是令他双腿发软。

只在电视和照片里见过的大型绝缘子并排而立，甚至让人以为是将发电站的一部分搬进了这里。地板上到处都是如蛇群一般的电缆。

"一进这种地方，总觉得不能随便乱碰。"草薙朝快步走在前面的汤川说,"我特别怕带电的东西,好像随时都会触电,其实根本不会吧?"

汤川闻言停下脚步,转过头来。"不,有时候会。"

"什么?"

"旁边那个小盒子,你知道是什么吗?"

草薙朝右侧看去,只见那里放着一个和大型暖炉差不多大的金属盒,上方有两个凸起,看起来不像是某种机器。"不知道,我完全不认识。这是什么?"

"电容器。"汤川说,"至少听说过名字吧?"

"电容器啊,我记得物理课上学过。"草薙一边回答一边心想:我为什么要赔着笑脸啊?

"你可以摸摸这个凸起。"

"不会出事吧?"草薙小心翼翼地伸出手。

"也许不会。"汤川依旧冷淡地说,"但也可能会因触电而弹出去。"

草薙慌忙缩回手。"你在开玩笑吧?"

"原则上来讲,这里的电容器应该都是放电完毕的状态。不过久置后,会因静电作用而慢慢带电。这类电容器如果充满电,你的身体一刻也支撑不住。"

草薙立刻向后退,跑到汤川身边。"什么啊!那你还让我去摸？"

"不用担心。你仔细看，那两个凸起连接着电缆，对吧？这样是不会蓄电的。"汤川笑道，继续向前走去。

在杂乱无章的实验室中央放着一个方形水缸，大小和家用浴缸相仿，由透明树脂做成，因此可以清楚地看到里面的水。水里似乎还泡着很多东西，其中还有电线。

汤川站到水缸旁，向里看去。"你过来一下。"

"不是又要吓唬我吧？"

"也许会吓你一跳，但为了你的工作也没办法。"

在汤川的催促下，草薙向水缸中望去，不禁"啊"地喊出了声。

首先映入眼帘的是沉在水中的一个塑料模特的头。看上去是一个女人的样子，没有戴假发。距脸部几厘米的地方放置着一块薄铝片，又隔了几厘米的地方则固定着电线。电线的黑色绝缘外皮已经剥离，里面的导线全都分散开来。

"这是在模拟葫芦池的情景。"汤川说道。

"当时是这样的吗？"

"恐怕是的。"

"金属面具又是怎么形成的呢？"

"我接下来演示给你看。"

汤川沿着电线移动,电线的另一端接在一个手工制作的设备上。装置的其中一部分,就是刚才令草薙吓了一跳的电容器,只不过这个电容器要大得多。

"这是一个用来产生雷电的简易装置。"汤川解释道。

"雷电?"

"那儿不是有相对的两个电极吗?"汤川指着约三米外的地方说。

那里有一台装置,上面固定着一对铜质圆形电极,相隔十几厘米。仔细看,会发现电极的一端连接着从水缸中伸出的电线。

"我要让那里产生小规模雷电。"

"那样一来,又会怎么样呢?"

"我不是在葫芦池捡到了一根电线吗?"

"嗯。"

"那根电线缠在池边的一根钢筋上,你记得吗?"

"记得。"

"正如你所查到的,八月十七日当天,那一带是强雷雨天气,而且一个巨大的雷落在了池边。"

"正好打在这根钢筋上?"

"没错。"汤川点了点头,"它起到了避雷针的作用。你也知道,雷的本质是电。你不妨想象一下当时的情景:雷雨云中积蓄的电能一瞬间全部释放到钢筋上。"

草薙不禁点头。即使他对理科一窍不通,也不难想象那种情景。

"全部释放到钢筋上的电能会怎么样?一般来说,会被地面吸收。其实,一部分确实如此。但钢筋上缠绕着导电性更强的电线,所以大部分电能通过电线释放到了池中。"汤川指着树脂水缸说道。

"然后呢?"草薙追问。以上的说明,他都听懂了。

"然而,"汤川接着道,"如果那些电线对于如此强大的电能来说太细了,那会如何?或者说,如果一部分太细,好像都快断了呢?"

草薙思考了两秒后摇了摇头。"不知道。会怎么样?"

"我们来做个实验看看。"汤川从白大褂的口袋里拿出一副眼镜,递给草薙。

"这是什么?"

"护目镜,没有度数的。以防万一,你戴上吧。"

"'万一'指什么?"

"万一有碎片飞溅出来……"

草薙连忙戴上了护目镜。

"好，开始。"汤川将旁边机器上的旋钮缓缓向右拧，"现在电容器正在充电，你可以当作是雷雨云开始形成。"

"雷不会错打到咱们这儿来吧？"草薙问，他自然是打算开个玩笑。

"不会的。"

"是吗？"

"只要电路没有接错。"

"啊？"草薙盯着汤川看上去一本正经的侧脸。

"电充好了。"汤川看着电极的方向说，"两个电极间产生了几万伏的电压，在两极间形成阻隔的是名为'空间'的墙壁。如果电压大到足以冲破阻隔……"

汤川话音未落，随着激烈的冲击声，草薙看到两个电极间发出闪光。几乎同时，水缸中传出了低沉的破裂声。

"怎么回事？"

汤川一把拉住要跑到水缸边查看的草薙。"要是在最后一刻触电身亡就太傻了。"汤川在机器上操作了几下，拍了拍草薙的后背，"好了，去看看。"

二人凑到水缸边，草薙往里一看，不由得惊讶地"啊"了一声。

"你好像很满意。"汤川两手探入水缸，捞起塑料模特的头。现在，那张脸上已经严丝合缝地覆上了薄铝片。他小心地揭下来递给草薙。"这是你要的东西。"

草薙接过来仔细查看。薄铝片完美地再现了模特的脸部线条。"这是怎么做到的？"

"是冲击波。"

"什么？"

"由于吸收了过多电能，电线中途被熔断，而且是瞬间发生的，就像是保险丝烧断了一样。"汤川从水缸里捞出电线，只见电线的一端已熔成一团。

和在葫芦池捡到的那根一样，草薙想。

"这时，水中出现剧烈的冲击波，巨大的力将旁边的东西向外推出。铝片自然也被推到了模特脸上。"

"结果就形成了这个吗？"草薙看着金属面具低声说道。

"这种技术早就为人所知，不过现在很少利用它来生产产品了。我也是第一次做这个实验，受益匪浅。"

"真是不可思议……"

"没什么不可思议的，这只是顺理成章的结果罢了。以前我和你说过吧？世上某些奇异现象就是流体的恶作剧。这次也是一样。"

"我说的不可思议不是指这方面。"草薙抬起头,"如果没有发现面具,死者的遗体就不可能被找到,也不可能通过打雷来推定案发时间。这样想来,也可以说是柿本进一的怨念化成了那副面具吧。不过,你这么厌恶神秘学,肯定认为我是在胡言乱语。"

草薙想汤川肯定又会嘲讽一番,但他并没有那么做,而是从白大褂的口袋里拿出一张折叠着的纸,像是什么东西的复印件。

"第一次听你说到金属面具的时候,我问过你来复枪的事,还记得吧?我问在葫芦池附近是否有人使用来复枪打猎。"

"嗯,记得。你为什么要那么问?"

"其实,我当时就在考虑是不是水的冲击波制成了面具,但不知道冲击波产生的来源。于是,我首先想到了来复枪。"

"来复枪能做到这种事?"

"向水中开枪也会产生冲击波,但要达到改变金属形状的程度,手枪的力道不够,至少也需要来复枪这种才行。"

"哦……"草薙无法想象,只是含糊地点了点头,"那这和我刚才说的有什么关系?"

"某所大学的研究成果就是一种利用这种来复枪的冲

击波制作金牙套的技术。"说着,汤川把手中的纸递给草薙,"这是那篇论文的复印件,你看看。"

"我看也……"

"你就看看吧。"汤川又向前伸了伸手。

草薙扫了一眼复印件。如他所料,内容完全不知所云。

"这篇论文怎么了?"

"你看看作者的名字。"

"作者的名字?"草薙重复道,随即看向论文题目旁边。上面并排写着三个人的名字,当他看到第三个人名时,不由得叫出声来。

那里赫然写着"柿本进一"。

"看来死者学生时代做过利用冲击波使材料成形的研究。"汤川饶有兴味地说,"被弃尸池塘后,他的魂魄想起自己昔日研究过的技术,便做出了那副金属面具。这个情节如何?"

一瞬间,草薙毛骨悚然,但他很快笑了起来,看着面前的物理学家。"科学家不是不相信神秘学吗?"

"科学家也有开玩笑的时候嘛。"说完,汤川转身向门口走去。白大褂的下摆轻轻飘起。

第四章

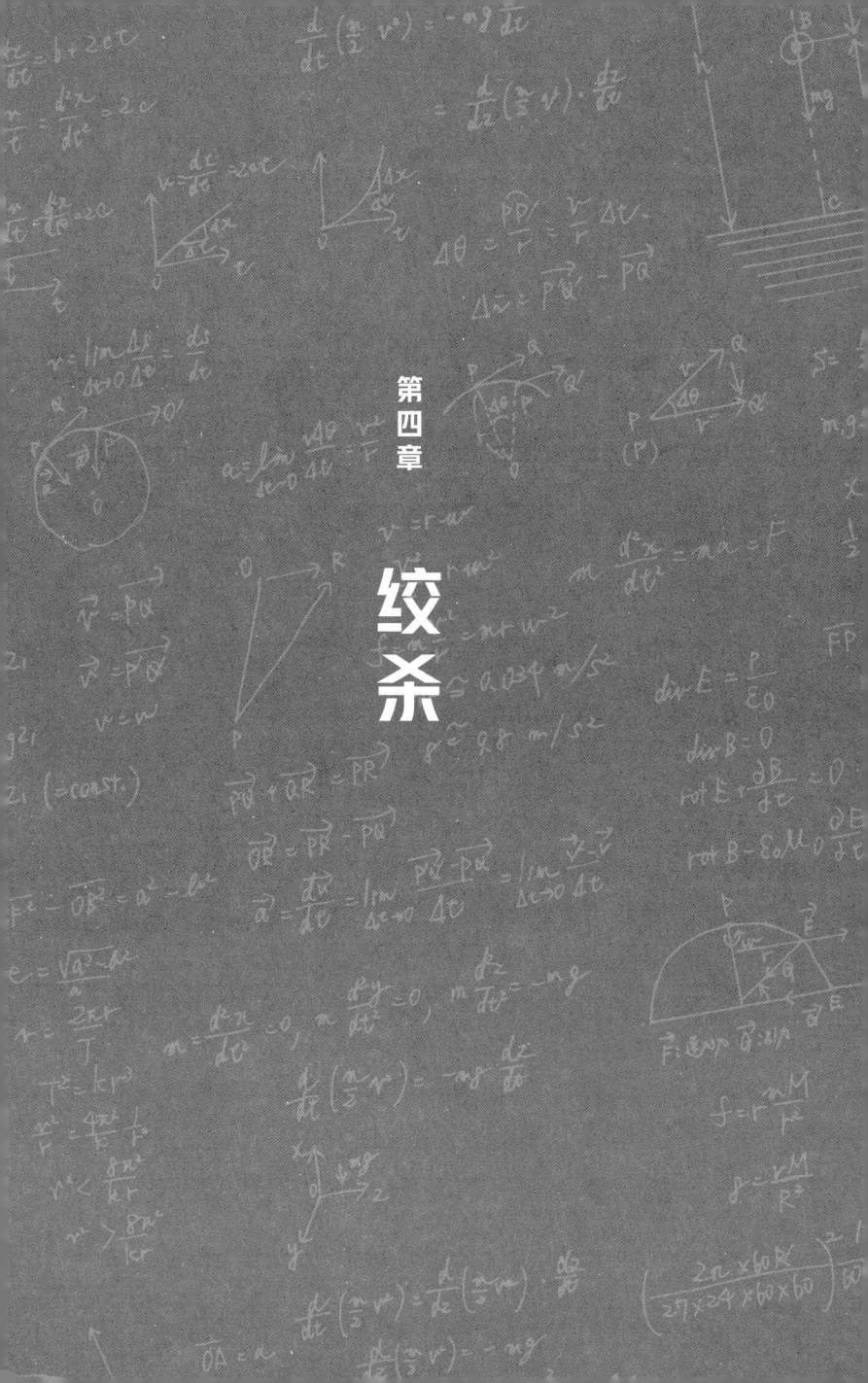

绞杀

1

车床在嗡嗡作响。贵子走进车间，看见坂井善之面朝机器的背影。米色工作服背面印着深蓝色的"矢岛"字样。她听丈夫忠昭说，工厂正在给汽车公司生产发动机的传动轴，但他并没有说是什么发动机。

忠昭正在车间一角与两名工人一起检查即将出货的零部件，戴着劳保手套的手动作笨拙。几人的脸色都不太好，贵子知道，那并非因为零部件质量不好。

"我送茶来了。"贵子对几人说。

忠昭抬起一只手挥了挥，看了一眼挂在墙上的时钟，指针指向下午两点四十五分。

"善，休息！"他对操作车床的坂井喊道。

坂井点点头，关掉机器的电源。隆隆作响的马达瞬间停止了运转。

"怎么，没点更像样的东西吗？"忠昭洗完手，走到休息用的桌子前坐了下来。桌上的盘子里摆着五块豆沙馅糯米饼。"这是昨天吃剩下的吧？"

他没说错，贵子只是笑了笑，没有作声。

"有什么关系，我喜欢吃这个。"铃木和郎最先伸出了手。

"据说工作过程中最适合吃甜食。"说话的是田中次郎，他并没有伸手去拿。

坂井一言不发地啜饮着贵子泡的茶。

"善，上次那批线圈今天就要给客人送过去吧？"忠昭问坂井。

"嗯，我过会儿就去送货。"

"那就交给你了。还有货款,你跟那边说最好尽快结清。"

"我会和他们说的。"坂井盯着茶杯回答。

忠昭点点头，自言自语般说："我等会儿要出去一下。"

"去哪儿？"贵子问。

"收钱。"

"收钱？还有没结清货款的地方吗？"

"不是货款。"忠昭拿起一块饼掰成两半，把挤出来的豆沙馅送进口中，"很久以前借给别人的钱，对方好像想还给我了。"

"我怎么没听说过？"

"当时经济还景气，那人又是我恩人的儿子，就一直没去催。他最近事业好像挺成功，主动跟我说要还钱。"忠昭喝了一口茶，把饼咽了下去。

"社长，那人要还多少钱啊？"铃木的眼神很是专注。

"嗯……具体数额我不好说。"忠昭挠了挠斑白的鬓角，"反正是一大笔钱，怎么说呢……也算是雪中送炭吧。"

"哦……"铃木露出微笑。

一旁的田中眼里也浮现出了笑意。"如今这世道，竟有人会爽快地还钱啊。"

"这不是理所当然的嘛。"铃木笑着说。

"最近不是很多人欠债不还吗？连银行都很难撑下去了。"

"是啊……"

"确实有那种不讲义气的人，但还是有很多人值得信任。"忠昭总结了一番，随后看向贵子，"就是这样，你去把我的西装准备好吧。"

贵子点点头,说了声"知道了",又说:"我等会儿也想出去一下。"

"去哪儿?"忠昭的目光突然锐利起来。

"买东西……我想给秋穗买衣服。她说学校远足没有合适的衣服穿。"

"非要今天买吗?"

"我明后天都有事要忙。"

"今天别去了。"忠昭一口气喝完杯里的茶,站了起来。

丈夫一旦表现出这种态度,贵子再说什么都没用,她便不再开口。其他三名员工似乎也感到尴尬,匆忙吞下嘴里的东西,相继站了起来。

快到三点半时,忠昭开着车离开了。他身穿灰色西装,还罕见地打上了领带,提着一个运动包。

不久,贵子也做好准备出门了。她来到地铁月岛站时正好四点钟。七点半左右回去应该就可以了,她心想。

然而那天晚上,贵子将近八点才回到家。上小学五年级的秋穗正跟三年级的光太一起看电视。忠昭还没回来。她拿出在百货商场买的熟食,开始准备晚餐。

"爸爸怎么还没回来?"秋穗边吃炸猪排边说。

"是啊。"贵子应了一声，看向电视机旁的时钟，八点半了。

十一点，忠昭还是没有回来。打了好几次手机也无人接听。贵子把两个孩子哄睡后，独自坐在起居室里等丈夫。电视里新闻播音员正一脸严肃地报道着朝核问题，贵子几乎没有听进去。

身后突然传来咔嗒的响声。她猛地回过头，发现是秋穗穿着睡衣站在那里。"怎么了？不早点睡明早就起不来了。"她用母亲的语气说道。

"爸爸还没回来？"

"他有事要加班。你别担心，早点去睡吧。"

女儿并没有乖乖离开，而是略显迟疑地低下了头。

贵子担心起来，用更温柔的语气问道："怎么了？"

"爸爸他不会有事吧……"秋穗小声说。

"什么有事……你说什么呢？"

"昨天晚上我看见奇怪的东西了。"

"奇怪的东西？"贵子眉头皱了起来，"什么奇怪的东西？"

秋穗抬起头，脸色看上去比平时苍白。她小声说："火……"

"啊?"贵子吃了一惊,"你说什么?"

"火球。"秋穗的声音比刚才清楚了一些。

"火球?在哪儿看见的?"

"车间。"秋穗说,"我夜里起来上厕所,爸爸好像还在车间里。我偷偷走过去,看见爸爸就坐在里面,周围黑漆漆的。我正要问他在干什么,就看见一个火球飞了起来……"

"怎么可能?一定是爸爸在烧东西。"

秋穗摇了摇头。"我当时马上问爸爸刚才烧什么了,可爸爸说他什么都没做,就看了一下图纸……"

贵子感到脊背发凉,但努力没有将恐惧表现在脸上。"一定是你看错了,这种事很常见。"

"我也以为看错了,可一直放不下心来,总觉得爸爸会遇到不好的事。他怎么还不回来呀?"秋穗惴惴不安地看了一眼电视机旁的时钟。

"怎么能这么说?太不吉利了。"贵子声音尖厉地说,"你赶紧去睡觉,明天起不来怎么办?还上不上学了?"

"妈妈,等爸爸回来了,你能告诉我一声吗?"

"知道了知道了,我会告诉你。"

听了贵子的话,秋穗总算转身走向二楼了。上楼前,她看了一眼通往车间的门,喃喃道:"这种感觉真讨厌……"

房间里又剩下贵子一人,她拿起电视遥控器不断切换频道,却找不到能让她分心的电视节目。最后,她在起居室里待了整整一夜。窗外射进来的阳光把她唤醒,她这才发现自己趴在矮桌上睡着了。由于睡姿不好,她全身都在隐隐作痛,脑袋也昏昏沉沉。

时间刚过清晨六点,她又打了一次忠昭的手机,依旧无人接听。她马上打开电视,正在播早间新闻。她想看看是否有关于忠昭的报道,但并没有发生相关的事件。更何况如果真的出事了,警方应该早就联系她了。她心情沉重地开始准备早餐,脑子里一直想着秋穗昨晚说的话。火球?怎么可能……

七点,秋穗起床了。平时这个时间她应该还在睡觉,只见她的双眼有点红肿。"爸爸最后还是没回来呀?"她对正在煎厚蛋烧的母亲的背影说。

"一定是在哪儿喝醉了回不来吧。"贵子努力装出开朗的声音,"很快就会回来了。"

"不用报警吗?"

"没事的,没事的。"其实,贵子也开始考虑这么做了。是不是该报警了?不,还是再等等吧。

不久，光太也起床了。儿子对父亲彻夜不归一事似乎并不怎么担心。秋穗也没对弟弟说起火球的事。

两个孩子去上学后，员工们很快来上班了。听说社长一直没回来，他们有些吃惊。

"真让人担心，不如报警吧！"铃木说。

"我想他可能是在什么地方醉倒了。"

"社长不是那种人。"田中马上否定道。

该怎么办？贵子找坂井商量。他是工厂资历最老的员工。

"要是他下午还不回来，还是报警比较稳妥。"坂井思索片刻后回答道。

贵子听从他的建议，决定再等一段时间。员工们都若有所思地开始了工作。

九点，十点，十一点，指针一刻不停地转动着。到了午休时间，忠昭还是没回来。贵子为大家端茶时也心不在焉的，一直望着时钟的方向。她下定决心，下午一点就打电话报警。

不过她没有必要打电话了。午休结束，快到一点的时候，电话响了起来。

是警察打过来的。

2

大桥酒店坐落在日本桥浜町。首都高速公路架设在建筑物上方，箱崎出口就在不远处。酒店大门正对清洲桥大道，出门右手边就能看到清洲桥。想必酒店名就取自那座桥吧。

这是一家又小又旧的商务酒店，整个酒店只有一部电梯，足见其年代久远。

草薙俊平坐在一楼狭小的咖啡厅里，喝着并不怎么好喝的咖啡。周围没有别的客人。

"草薙先生。"有人打着招呼向草薙走来，是酒店的代理经理蒲田。天气不怎么热，他的额角却沁出了汗水。

"您好。"草薙点头打了声招呼。

"能打扰您一会儿吗？"蒲田小声问道。

"没问题。"草薙回答。

代理经理先看了一眼无所事事的前台员工，然后才在刑警对面坐了下来。"请问情况怎么样了？"

"您说的情况是指什么？"

"调查有进展了吗？"

"暂时还没有。"

"这样啊。有传言说死者的太太没有不在场证明……"

听了这个在酒店工作的中年人的话，草薙在人造革沙发上坐直了身子。"我们正在考虑所有可能性，其中也有让电视台和新闻媒体喜出望外的内容，他们无疑会把那些信息添油加醋地公开。请千万不要轻信那些不知所谓的消息。"

"我们也不想轻信，可是做这一行的实在太害怕出这种事了，所以很希望警方能尽快解决。"

"您的心情我很理解，我们正在全力调查此事。"

"那就拜托您了。哦，对了，还有，"蒲田凑近草薙，"那个房间要维持现状到什么时候啊？"

"我需要问问上级才能给您答复，毕竟我们还要在那里继续调查。有什么问题吗？"

"也不是说问题，只是房间里发生了那种事，如果一直保持原状，会有各种流言蜚语。您也经常听说吧？哪里的酒店会闹鬼什么的。"

草薙恍然大悟般点了点头。"嗯，确实经常听说。"

"老实说，我想尽早处理。"

"知道了,等我跟上司确认过后就给您答复。"

代理经理低下头说了一句"拜托您了",便离开了。他身材虽胖,背影却显得有些瘦弱。

草薙刚掏出烟盒,就看见穿着黑色夹克的汤川学从正门走了进来。他皱了一下眉,把香烟放了回去。在汤川面前抽烟是大忌。"怎么这么慢?"

"抱歉,正好有学生找我问问题。"

"问问题?不会是恋爱问题吧?"

草薙当然是在开玩笑,汤川却面无表情。"是高于恋爱的问题。他想跟喜欢的女孩子结婚,却遭到双方父母的反对,所以来问我该怎么办。"

"在校生结婚吗?他为什么要找你商量?"

"我怎么知道。"

"你给出什么建议了?"草薙笑眯眯地问。

"我说,我要是他们父母,也会反对。"

"什么?没想到你的想法这么老旧。如果是我,一定会说'你得表现出不顾父母反对的勇气'。"

"这不是老旧不老旧的问题,我只是说出了统计学结果而已。"

"统计学?"

"这个问题的关键在于，是后悔过早结婚的人比较多，还是后悔应该早点结婚的人比较多。"

草薙目不转睛地凝视着年轻的物理学家，他很想问：抱着这种想法生活的人真的快乐吗？但他没有问出口。

"好了，带我去看看现场吧。"汤川说。

"你不喝咖啡吗？"

"算了，闻味道就能推测出他们用的咖啡豆不怎么样。"汤川吸了吸鼻子，转身走了。

你小子平时喝的明明是速溶咖啡，草薙想着，追了上去。

现场在八〇七号房间，是个双床房。

"被害人矢岛忠昭十三日下午三点五十分左右在前台登记入住，他没让工作人员带路，自己找到了房间，此后再也没人目击到矢岛，我说的是他活着的时候。"草薙站在房间门口，看着手上的记事本展开了说明，"酒店的退房时间是上午十一点前。可是第二天直到十一点，也没见到这个房间的客人出现，往房间里打电话也没人接听。快到十二点的时候，酒店工作人员前来查看情况。确认敲门没有应答后，他们用万能钥匙开了门。"

酒店工作人员看见一名男客人呈大字形躺在里面那

张床上,而且一眼就看出他并不是睡着了,因为那人脖颈处有明显的异常痕迹,皮肤的颜色也不正常。

"是绞杀,用细绳一类的东西将被害人勒至死亡。"

"有没有打斗痕迹?"

"没有。被害人似乎服了安眠药。"

"安眠药?"

"应该是混入罐装咖啡里了。"

窗边摆着一张小桌和两把椅子,正好能让两个人对坐。发现尸体时,桌上放着两罐咖啡和一个烟灰缸。矢岛忠昭的解剖报告出来后,他们重新调查了那两罐咖啡,从其中一罐中检测出了安眠药的成分。另外,罐装咖啡应该是从走廊上的自动售货机买的。

"推测死亡时间是十三日下午五点到七点,这一点可信度很高,因为被害人当天下午三点左右食用过豆沙馅糯米饼,馅料的消化程度与推测的死亡时间一致。"

随后草薙又说,矢岛忠昭离家时声称去取别人返还的借款,先前用山本浩一这个名字预订了酒店。草薙相信汤川不会到处乱说,也知道在找他帮忙时最好把所有信息都说出来。

"从你说的话来看,我还不知道有什么问题。"汤川看了看室内简陋的装潢说，"说要还钱的人不就是凶手吗？可能那人根本还不了钱，所以把被害人骗到这家酒店，将其杀害了。"

"我们最初想到的也是这种可能，但无论怎么调查，都没找到与之相符的人。"

"一定是你们查得不彻底吧。不管怎么说，我还是不明白你为什么要给我打电话。一起简单的绞杀案，应该用不到物理学家吧。"

"问题就在这里。这起看似简单的绞杀案，有两个地方让我想不通。"草薙竖起两根手指，指向地板，"你先仔细看看床边的地毯。"

汤川走过去弯下腰。"有一块烧焦的痕迹。"

"对吧？"

地上铺着米色地毯，上面有个宽一厘米、长五厘米左右的焦痕。

"酒店的人说之前并没有这种痕迹。"

"那人在说谎吧？再说这家酒店也有些年头了。"

"你觉得他会为了面子对警察说谎吗？"

"算了，你还有什么想不通的？"

"这个。"草薙把手伸进上衣口袋里，掏出一张照片，

"其实我不该给外部人员看这个的。"

汤川看到照片,微微皱起了眉。"这确实不是什么好看的照片。"

"忍忍吧,我连实物都见过。"

照片拍的是尸体上的勒痕。与普通的勒痕不同,这道痕迹边缘的皮肤都开裂了,血也从中冒出。

"难道是因为力度过大导致皮肤撕裂吗?"汤川喃喃道。

"不,尸检报告上说这更像是擦伤。将细绳紧贴皮肤,横向拉扯就会变成这样。"

"一般的绞杀不会造成这种痕迹?"

"绝对不会。"草薙断言道。

汤川低吟片刻,举着照片躺倒在尸体曾经躺过的床上。虽然痕检工作已经完成,汤川这样做并不会影响调查,但草薙心里还是感叹,这家伙还真敢往上面躺。

"目前还没有找到任何嫌疑人吗?"汤川问道。

"也不能说一个都没有。"草薙拢了拢额前的头发,继续道,"我们目前认为嫌疑最大的是死者的妻子。"

"他妻子?动机呢?"

"保险金。"

"哦……这么说被害人购买了巨额人寿保险吗?"

"买了五家的保险，总保额超过了一亿日元。"

"原来如此，这确实很可疑。"汤川用胳膊撑起脑袋，将身体转向草薙，"看来你们已经对她进行了严厉的问讯。"

"我不知道算不算严厉，反正请她谈过好几次。"

"感觉如何？"

"很可疑。"草薙直言道，"案发当天她下午四点出了门，晚上八点左右才回到家。她说是出去购物，可不在场证明确实不够充分。她五点前后在银座一家百货商场挑选童装，这一点接待她的店员给出了证词。七点过后又在另一家百货商场地下的食材店购买了炸猪排和可乐饼，当时上班的店员也记得她。但在此期间，她就没有任何不在场证明了。从银座到这里乘坐出租车只需要十到十五分钟，完全足够她完成犯罪。"

"她本人说那段时间在干什么？"

"她说在咖啡厅喝茶，但是不记得店名了。不但提供不出收银条，对咖啡厅的记忆也过于模糊。"

"原来如此。"汤川再次摆出仰躺的姿势，盯着天花板说，"银座的百货商场即便是工作日应该也很热闹，童装卖场和食材店的店员竟然能记得那个人。"

"她好像在童装区为了一件夹克犹豫了将近一个小

时,最后还是没有买。因为实在太恼火,负责接待的店员才记住了她。至于炸猪排,是因为她一直站在店门口,等到快要打烊、食品打折甩卖时才进去,所以店员记住了。不过这种不在场证明有多少都没用,最关键的是五点到七点那段时间。"

汤川一言不发,一动不动地好像在思考什么。草薙知道这种时候对他说什么都没用,便找了把椅子坐下来等待。

过了一会儿,汤川说:"能带我去被害人家里看看吗?"

"可以啊。"草薙站起来,"你有兴趣了?"

"我感兴趣的是,"汤川坐了起来,"那位太太为何没有不在场证明。她怎么会没有呢?"

3

矢岛工业的车间内,三个男人正各自忙碌着。其中两个三十几岁的人分别是铃木和田中,最年长的则是坂井。

正在用钻孔机给金属板打孔的铃木一看见草薙就撇

了撇嘴。"怎么又是你,还有什么事?"

"今天没什么特别的事,就是想看看车间内部的情况。"

"看是可以,但不能打扰我们工作。经济虽然不景气,我们还是有活要干的。"

"这我当然明白。"草薙露出殷勤的笑容。

铃木又瞥了一眼汤川,咂了咂舌。"老板娘今天又被你们警察叫过去了,这到底是怎么回事?"

"我们有许多事情需要确认。"

"什么确认、确认的,太奇怪了吧?你们难道真的在怀疑老板娘?那可太蠢了。老板娘怎么可能——"

"和!"里面传来坂井的喊声,"少说废话,赶紧干活!"

"啊,好!"铃木挥了挥手,重新转向钻孔机。随后他偷偷瞥了一眼草薙二人,再次大声咂了一下舌,仿佛在说都是他们害自己挨骂。

草薙跟着汤川一起把车间内部查看了一遍。他并不明白这样做的目的,但这是汤川提出的要求。

车间里摆着好几台机器和大型电源。过去这里应该有更多工人,现在恐怕只剩下这三个了。

"这些人有不在场证明?"汤川边走边小声询问。

"确认过了,三个人都有不在场证明。两个年轻的一直在这里干活，我们也拿到了邻居的证词。最年长的坂井到客户那儿送货去了，那家公司在埼玉，再怎么赶，单程也要一个半小时。我们已经查证过，他五点半离开客户的公司，七点刚过就回到了这里，没时间绕路到大桥酒店。"

汤川无声地点了点头。

田中正在制作白色塑料容器。他的工作是将两个形状复杂的容器拼接成一个，且不使用黏合剂，而是将容器边缘热熔后迅速拼接起来，也就是焊接。用来加热边缘的工具是个像宽面条一样扁平的加热器，已经事先被弯曲成了和容器边缘一样的形状。

"原来是这样，真是精巧。"汤川站在田中背后感慨地说，"使用与容器边缘形状相同的加热器，能够同时让每个位置得到同等程度的熔化。"

"这可是我们厂的得意功夫。"田中粗声粗气地说，语气里透出几分自豪。

"这是在做什么呢？"汤川问。

"装玻璃水的容器，虽然还只是试做样品。"

汤川点了点头。这完全是物理学家关心操作现场技术的态度，草薙不禁觉得他已经把案子抛到了脑后。

汤川目光扫向前方的墙壁，突然停住了。"那是什么？"

草薙也看了过去，只见墙上贴着写有"一射入魂"的书法作品。

"那是社长写的。"身后传来一个声音。两人转身一看，是坂井。

"啊，是吗？"草薙说，"这是什么意思？"

"说的是射击。"坂井用手指摆出手枪的造型，还做了个开枪的动作，"意思是让我们用射击时的专注来投入工作。"

"哦……矢岛先生会射击吗？"

"不知道，反正我没听说过。可能就是个比喻吧。"

草薙点了点头，心里却并不认同，为什么要比喻成射击呢？

"对了，"坂井摘下手套，来回看着草薙和汤川，"刚才和也说了，你们就别再怀疑老板娘了。"

"我们并没有怀疑她。"

听了草薙的话，坂井摇了摇头。"我就直说吧，那天是社长自己说有人要还钱给他，然后出了门。老板娘怎么会是凶手呢？"

"把矢岛社长叫走的可能另有其人，"汤川在一旁说，"那人或许是受社长夫人委托的。"

坂井盯着汤川看了一会儿，叹息一声。"你们之所以会这么想，是因为不理解那对夫妻。两人从打零工做起，把公司扩大到了现在这个规模。我很清楚他们是怎么互相扶持过来的。他们绝不可能背叛对方。"

草薙不知如何反驳，只得保持沉默。汤川也一言不发。

"真不好意思，能请你们离开吗？老板娘快回来了，她应该不想回到自己家还要面对警察。"坂井的语气里透着一丝敌意。

离开矢岛工业后，汤川说的第一句话是："匠人果然很厉害。那些技术，不，应该说是匠人技艺，才是自动化应该钻研的课题。"

"先别管这个了，你有什么发现？"

"发现？"

"少给我装傻，不然你以为我带你到这种地方来是干什么的？"

看着草薙略显烦躁的样子，汤川意味深长地笑了笑，从裤子口袋里掏出一样东西。那是一根粗两三毫米、长十几厘米的白色绳子，一端系成了一个圆圈。

"这是我在车间里捡到的。"

"啊？什么时候捡的？"草薙拿过绳子仔细一看，发现那并不是普通的绳子，而是由几束细线缠绕而成。"这是什么？"

"我也不知道。我更想问的是，尸体脖子上的勒痕与这根绳子的纹理看起来是否一致？"

草薙闻言开始回忆尸体的样子，同时凝视着那根绳子。"嗯……有可能一致。"

"那就有意思了，非常有意思。"物理学家嘴上这么说着，眼睛里却没有笑意。

4

案发一周后，矢岛贵子突然提出了自己的不在场证明。她主动前往搜查本部所在的久松警察局，向负责调查的警官出示了一张收银条。她声称那是案发当天她去过的那家茶室的收银条，本以为已经扔掉了，没想到从手提包里翻了出来。上面的日期确实是十三日，完成支付的时间是下午六点四十五分。

茶室名叫"璐芙兰"，草薙正好有空，便跟后辈牧田一起去取证。

璐芙兰位于银座三丁目一座大厦的二楼,隔着玻璃窗能俯瞰中央大道。内部的装潢和装饰品都极具品位,似乎是想突出高级店铺的定位。由于矢岛贵子说她是随便找了家店,草薙原本以为是一家大众化的咖啡厅,来到这家店后有些意外,而矢岛贵子竟能把这么好记的地点忘掉,未免有些太奇怪了。

"啊,您说这位客人吗?嗯……确实来过。"年轻的店长看着草薙出示的照片说。他有一张晒成小麦色的脸,与身上的白衬衫十分相称。照片上的人是矢岛贵子。

"确定没错吗?"

"绝对没错。嗯……我记得她是上周四来的。"

上周四正是十三日。

"这里每天有这么多客人,您还能记得这么清楚?"

"其实我们也在找这个人。"店长说,"她落了东西在店里。"

"落了东西?"

"请等一下。"店长走到收银台,拿着一个小纸袋走了回来。随后,他当着草薙二人的面拿出了袋子里的东西——一个旧粉饼盒。"她离开时把这个落在了座位上。我觉得她可能会回来取,就一直保管在店里了。"

"我们替您转交给她吧。"

"那真是太感谢了。"

"对了,"草薙说,"您确定是这张照片上的女人吗?麻烦您再仔细看看。"

年轻的店长似乎略感意外,又看了一眼照片。"确实是这个人没错。"说完,他把照片还了回去,"其实那天还发生了一个意外,也不算什么大事。"

"什么意外?"

草薙问完,店长先是看了看四周,随后凑过去说:"这位客人的饮品里进了虫子。"

"虫子?"

"一只一二厘米长的小飞蛾,就泡在她的冰茶里。"

"所以这位客人就闹起来了?"

"没有。"店长摇了摇头,"她叫住当时正好在旁边的我,小声地告诉了我。托她的福,其他客人都没发觉。当然,我马上给她换了新的饮品。"

"还发生过这种事?"草薙心想,矢岛贵子为什么不跟警方说这件事?就算想不起店名和地址,如果真的想证明自己没有作案时间,这种事必然要提到。

"请问,"牧田对店长说,"这种情况一般不会向客人收取饮品费用吧？"

"当然不会，可当时那位客人无论如何都要付账，我只能收下了。"

"无论如何都要付账吗……"草薙凝视着正在收银台结账的客人，那人正接过店员递来的收银条。难道矢岛贵子想要收银条？草薙不禁想。

离开茶室，草薙和牧田又来到矢岛家。贵子已经回到家了。她看见草薙拿出来的粉饼盒，露出高兴的表情。"原来落在那家店里了吗？我还在想它是怎么丢的呢。"

草薙又问了她冰茶里进了飞蛾一事。她露出一副刚刚才想起来的表情。"这么说起来，确实发生过那种事，我当时怎么就没想起来呢？对，是这样，饮料里泡着一只小飞蛾。不过我还一口都没喝，所以觉得没什么大不了的。"

"如果您能早点想起，就不需要总是往警察局跑了。"草薙试探道。

"是啊，不过我实在是心烦意乱，都没办法思考了。真是对不起。"贵子低下头说。

草薙离开矢岛家时，正好看见秋穗走过来。她的脚步看起来很沉重。草薙突然想起他还未向这个女孩问过话。

"你好。"草薙打了声招呼。

秋穗停下脚步，露出戒备的神情。

"刚放学？"草薙笑着问。

"找到凶手了吗？"秋穗表情僵硬地问道，语气中带着大人的老成。

"我们正在调查呢。如果你有什么线索，也一定要告诉我们。"

只见秋穗好像突然闹起别扭来。"大人怎么会相信我说的话。"

"怎么会不相信呢？你有什么话想告诉我吗？"

秋穗看着草薙。"我觉得你一定不会相信的。"

"我相信，我保证。"

秋穗似乎有些犹豫，但没过一会儿便说了起来。她的话确实很难让大人相信，草薙听到一半也只剩下单音节的回应了。什么火球，肯定是看错了吧？这跟案子没有关系，他心想。

听完草薙二人的汇报，上司间宫警部露出了苦涩的表情。不得不承认，矢岛贵子的不在场证明牢不可破。从外出到回家的所有行动几乎都得到了证明。中间当然存在二三十分钟的空白，但这点时间不足以完成犯罪。

"这下又得从头开始了。我还以为他老婆绝对有问题呢。"间宫似乎还不想放弃这条线索。

警部一直怀疑矢岛贵子，不仅是因为她缺乏不在场证明。真正的原因是，矢岛忠昭的人寿保险中，有一大半都是近几个月间签下来的。

"不过我还是觉得有点说不通。她没发现粉饼盒丢了，这还不算奇怪，可饮料里漂着虫子应该是让人印象深刻的事。我们问到不在场证明时，她应该当即说出来才对啊。"

"她本人说当时没想起来，我们也只能相信。"间宫闷闷不乐地说，"难道她还有一个男性共犯吗……"

这也是搜查本部认为最有可能的推测，然而他们并没有在贵子身边查到这样的男人。

"矢岛工业的员工中，有两个人是 A 型血，一个人是 O 型血，没有 B 型血。"牧田说。目前他们认为，凶手的血型可能是 B 型，这是从现场烟灰缸里的烟蒂上推断出来的。被害人矢岛忠昭是 O 型血，而且不吸烟。

可以说，烟蒂是凶手留下的唯一线索。桌上摆着两罐咖啡，其中一罐上被擦去了指纹。同时，房间门把手等处也有同样的擦拭痕迹。现场还留有矢岛忠昭携带的运动包，里面只有一些公司文件。

那天晚上，草薙正在警察局旁的拉面店吃迟来的晚餐时，手机突然响了，是汤川打来的。

"后来怎么样了？"汤川的语气很悠闲。

"举步维艰。矢岛贵子给我们来了一记意想不到的绝杀。"草薙简单说明了她的不在场证明。

"真有意思，"汤川似乎很感兴趣，"这个案子的诡计越来越明显了。"

"诡计？"草薙不自觉地握紧了手机。

"我想给你看个东西，明天晚上到我研究室来。"

"别卖关子了，赶紧告诉我。"

"百闻不如一见。明天见。"

"啊，等等！"草薙急忙说，"有件事你应该会感兴趣，想听吗？"

"要看内容如何。"

"你绝对想听，是有关火球的事。"

"哦……"

"是不是很想听？"草薙把从秋穗那里听到的话原原本本地告诉了汤川。

"太棒了！"汤川在电话另一端说，"我很期待明天和你见面。"

"啊，喂——"等草薙喊出声来，电话已经挂断了。

5

草薙走在帝都大学理工学院的校园里，心想晚上的大学真够瘆人的，他回想上学时有没有在这么晚走在校园里。羽毛球社会训练到很晚，但都一直待在体育馆里。

草薙敲响物理系第十三研究室的门时，时间是晚上八点过后。走廊上还是能见到几个学生模样的年轻人，于是他又想，理科生真是辛苦啊。

汤川坐在椅子上，手里端着看起来廉价的马克杯，杯子里估计又是他常喝的速溶咖啡。"我刚做好准备工作，正在休息。你也来一杯吧。"

"不，算了。"草薙摆摆手，看了看旁边的工作台。上面躺着一个塑料人体模型的上半身。"这是什么？"

"没必要说明吧，你就把它想象成被害人矢岛忠昭。我从研究照明效果的研究室那儿借来的。"

"你有什么发现？"

"也不能称为发现，只是得出了结论。"

"什么结论？快告诉我。"

汤川放下马克杯,起身走向工作台。"这个塑料模型还挺重的,仅是上半身就这么重,要是借了全身可能会把我累坏。"汤川转向草薙,"连假人都如此,换成真人肯定更难办了。更何况被害人体格强壮,也不像假人这么硬。要把他的身体挪到床上,应该要费很大的功夫。"

"嗯。"草薙应道。

"单从现场情况来推理,矢岛应该是与凶手隔着桌子面对面,当然,还坐在椅子上。他喝下掺了安眠药的咖啡,不久就睡着了,最后被凶手勒死。不过,"汤川竖起食指说,"为什么凶手要把矢岛放到床上?如果凶手的目的只是杀人,完全可以把坐在椅子上睡着的矢岛直接勒死。"

草薙把手抵在下巴上。这太有道理了,他真不敢相信此前竟然没人注意到这一点。

"无法解释的还不止这一点。凶手为何没有扔掉摆在桌上的罐装咖啡?那上面虽然有擦去指纹的痕迹,可他既然要花时间擦拭指纹,倒不如直接带走更保险。还有烟灰缸里的烟蒂也一样。如果说这是凶手一时不小心,未免有些牵强了。"

"那你说到底是怎么回事?"草薙焦躁地问。

汤川摘下眼镜,用白大褂的一角擦了擦镜片,重新戴上。"我的推理是这样的：矢岛本人主动躺到了床上，罐装咖啡和烟蒂的主人都不存在，全是他自己准备的。矢岛忠昭并非被杀，而是伪装成他杀的自杀。"

"自杀？"草薙拔高了声调，"你开玩笑吧？那种情况要怎么解释成自杀？"

"按照常理来解释，我得出的结论就是这个。为了挽救家庭和员工，他选择了死。但购买人寿保险未满一年内自杀是不符合赔付规定的。"

"不可能。我算是见过无数尸体了，可从没碰到自己勒死自己的。我不是说不可能。我听说用湿毛巾勒住脖子，即使在失去意识后毛巾也不会松开，这样就能确保自己丧命，但这只是例外。从这次的绞杀痕迹来看，绝不可能是他自己勒的。"

"这次的案子是例外中的例外。矢岛忠昭利用缜密的计划把自己给勒死了。"

草薙摇着头，不断强调这不可能。

汤川从白大褂的口袋里掏出了一样东西，那是他在矢岛工业的车间捡到的绳子。"我知道这是什么绳子了。你猜猜看？"

"猜不出来。"

汤川闻言，转身走到了书架后面。不一会儿，他再次出现，手上多了一样让草薙感到意外的东西——射箭用的弓。

"这是……"

"这根绳子其实是弓弦。你瞧，一模一样吧？"

弓上张着一根细细的弦，与在矢岛工业的车间里捡到的绳子对比后，草薙发现两者确实一模一样。绳子一端系成的圆圈原来是套在弓上固定用的。

"你还记得工厂的墙上贴着'一射入魂'的书法吗？那是学习过射箭的人常用的话。我以前有个射箭社的朋友就说过。你可以仔细查查矢岛忠昭的履历，我认为，他有射箭经验的可能性超过八成。"

"那我查查吧，可是这跟案子有什么关系？"

"我接下来就要说明了。如你所见，弓弦是被一股很大的力绷紧的，我认为，矢岛忠昭可能利用这个力把自己勒死了。问题在于他使用的方法。"汤川回到工作台边，把弓放在距离假人头部几厘米的地方，又调整了一下位置，让弓弦正好碰到假人的脖颈。这样一来，假人的头部就被套在了弓与弦之间。

"好了，现在这样当然是什么都不会发生的，此时需要另外一根弦。"汤川打开工作台的抽屉,又拿了一根弦出来,"这根弦要比张在弓上的弦长三十厘米左右,是我专门去射箭社请人帮忙做的。据说射箭高手都是买来弓弦用的细丝线,亲手制作适合自己的弦。不过,帮我做这根弦的同学也自言自语地说,他从来没做过这么长的弦。"

汤川把长弦的一端挂在弓上,在假人的脖子上缠绕一圈,又把另一端挂在了弓的另一头。这样一来,弦的长度就富余不多了。

"像这样在弓上张两根弦,只不过现在绷住弓的是短弦。在这个状态下,如果短弦断掉了会怎么样?"汤川问草薙。

"当然是弓会变直了。不过弓上还有另外一根弦……"

"那么使弓弯曲的作用力就会转移到那根弦上。弓弦被绷紧,也就意味着假人的脖子被勒住了。"汤川微笑起来,好像在说:"这下你明白了吧。"

"你是说,矢岛在设置好这个机关后,亲自剪断了短弦?"

"虽然那样就能死掉,可他并没有这么做,而是先服下了安眠药,让自己在梦中死去。"

"他还专门做了手脚,让短弦自动断开吗?比如使用计时器什么的。"

"应该是用了计时器。问题是切断弓弦的方法，这让我费了不少脑筋。因为射箭使用的弦的材料都非常结实，用裁纸刀或剪刀确实能切断，但要其自动断开就需要非常复杂的装置了。所以我就想，能不能做一个简便的机关。"

"最后，你不负天才物理学家的盛名，想出了好办法，对吧？"

"准确地说，并不是我想出来的，毕竟我也得到了一点提示。"说完，汤川又拿起了他捡来的绳子，"这根断弦应该是矢岛忠昭反复试验时掉落在地上的，所以我仔细观察了弦的断面。结果我发现，这上面果然没有利器切割的痕迹。再用显微镜观察，可以看到构成弦的每一根丝线的尖端都是圆滑的。然后我就知道他的手段了。"

"什么手段？"

"热。"

"热？"

"制成这根弦的素材是高密度聚乙烯，物理强度很高，却不耐热。也就是说，最快捷的办法是用热来熔断弓弦。这又关系到该如何加热了。"汤川拿起放在工作台一角的电线，电线的一端连着一根长约五厘米的金属棒，"就是用这个。电线上的东西，你看着很眼熟吧？"

草薙觉得脑子里一片空白，露出了困惑的表情。

"我们不是在矢岛工业的车间里见过吗？这是他们用来制作装玻璃水的容器的加热器。把他们的加热器切短，就成了这个样子。"

"啊！"草薙想起来了，是当时田中在用的机器。

汤川用钳子夹起加热器尾端，轻轻触碰绷紧的弓弦。"矢岛忠昭应该准备了一个能把加热器固定在这个状态的简单道具，不过今天我就这么拿着吧。本来他还使用了定时器，我手头也没有，还是用草薙定时器吧。"

"什么草薙定时器？"

"听到我喊开始，你就把加热器的电线插头插上。"

草薙闻言，拿起插头，走到插座前做好了准备。

"这个实验有点危险，你千万不要靠近弓，但要仔细看着。"

"知道了。"

"好，可以了，通电吧。"

听到指令，草薙把插头插了进去。

汤川手上的加热器瞬间就变红了，跟他在矢岛工业车间看到的一样。"弦要断了！"汤川大声说。

很快就听见啪的一声，弓和假人都弹了一下。刚才还绷得紧紧的弓弦已经断开，无力地垂向了地面。另一根弦则绷了起来，同时紧紧绞住了假人的脖颈。

"别移开目光，还没结束。"汤川说。

加热器还在持续加热，马上就要把另一根弦也熔断了。

伴随着一声巨响，弓在工作台上弹了起来。与此同时，切断的弦也在空中画出了一道曲线。由于切口还在燃烧，这光景仿佛火球在舞动。

"断电吧，草薙。"

听到汤川的话，草薙慌忙拔出插头。

汤川小心翼翼地把还非常烫的加热器放进了水槽。

"刚才那个就是火球的真相吗……"草薙喃喃道，"案发前夜，矢岛做了最后一次试验，秋穗正好看到了。"

"酒店地毯上的焦痕，应该就是着火的断弦落在上面造成的。另外，"汤川说着，抬手指向假人的脖子，"你看看这个。"

草薙顺着他手指的方向看过去，忍不住发出小小的惊呼。

只见假人的脖子上出现了一道明显的擦伤，并不是单纯的勒痕。

"正如你所见，第二根弦断掉后，就再也没有能绷住

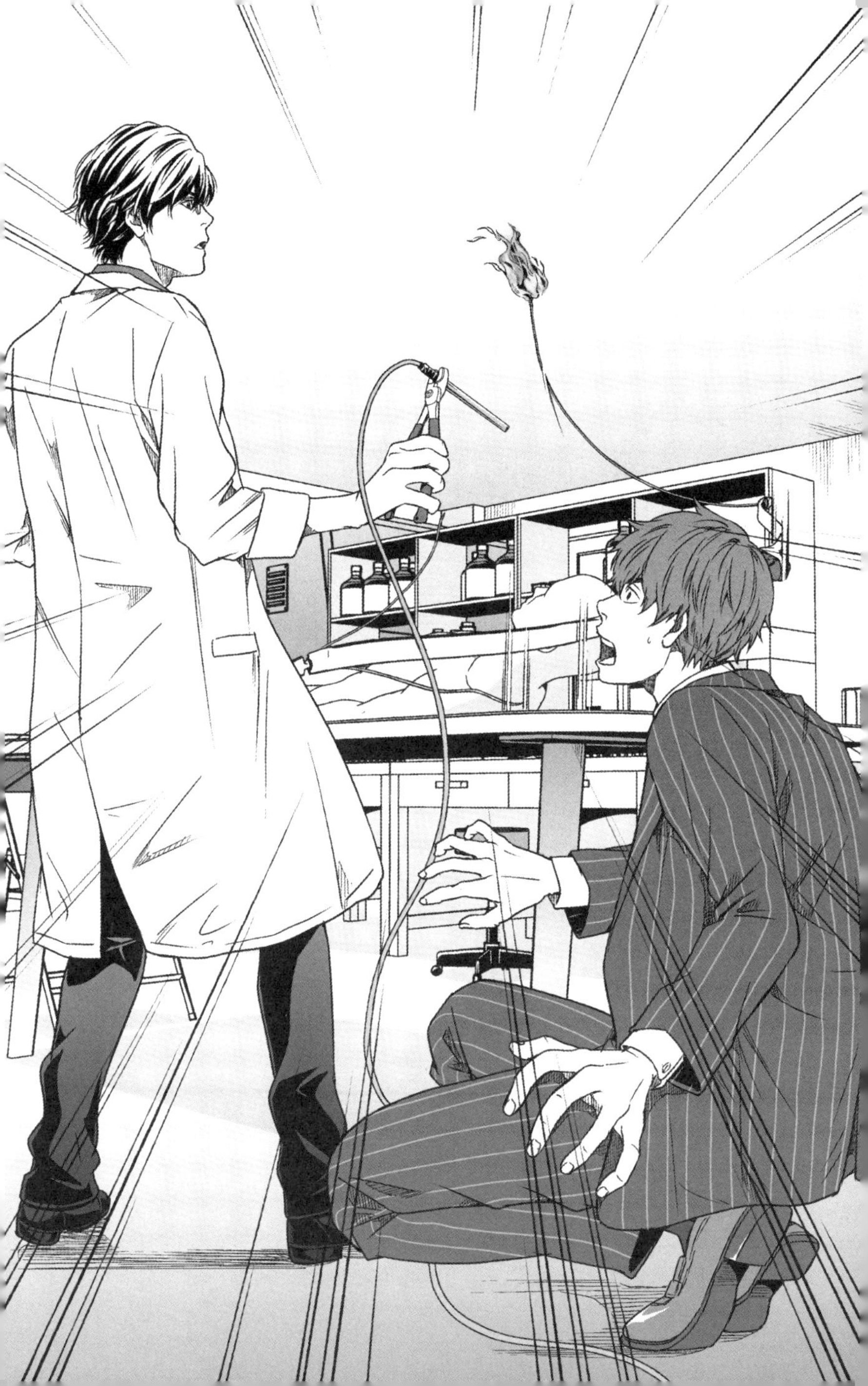

弓的作用力了，因此弓会变直。变直的同时，猛地拖动缠绕在脖子上的弓弦，其摩擦就形成了这样的伤痕。"

"原来矢岛脖子上的伤痕就是这样来的。"

草薙在旁边的椅子上坐了下来。这样一切都解释得通了。

"怎么样，草薙警官？"汤川问道。他嘴角浮现出实验成功的满意微笑。

"可是现场并没有发现这些机关啊。"

"当然是被共犯拿走了。这看起来像个不得了的机关，其实用到的东西并不多。就连这把弓也能拆卸成三部分，轻松地装进运动包里带走。"

"有共犯？"

"应该是，其概率有99.9%。"

草薙陷入了沉思。如果是深夜前往那家酒店，被人看到的风险也会很小。矢岛忠昭与共犯应该是事先商量好了藏匿房间钥匙的地点。共犯找到钥匙后，径直前往酒店房间，随后尽量不触碰尸体，把现场的所有机关道具收拾干净。但这样一来，矢岛忠昭带去的包就会空空如也，共犯应该是把带去的文件等物放进了包里。

"共犯是矢岛贵子吗？"草薙问。

"你这么想吗?"汤川反问。

"难道不是?"

"我认为矢岛忠昭并没有把计划告诉她,因为一般人听到后都会劝阻。"

"那么……是那个男人?"草薙脑中浮现出坂井善之的脸。

"恐怕是的。他的不在场证明比任何人的都完美,这一点反倒很可疑。"

"好。"草薙站了起来,"汤川,你能再做一次这个实验给我们科长看吗?"

"如果有必要,就只能做了。"

"绝对有必要。"草薙说完,转身跑出了研究室。

6

听完草薙的汇报,间宫警部也惊叹不已。不仅是他,其他侦查员似乎也受到了冲击。

警方马上调查了矢岛忠昭的履历。正如汤川所言,他自学生时代起接触射箭,已有将近十年的经验。另外,警方还在东京某射箭器材商店查到，他曾在那里购买过弓弦材料。但警方几乎没找到任何称得上收获的东西。没有物证能证明，酒店房间里确实发生过汤川在实验中做的事。

矢岛工业的车间里自然具备加热器、计时器、电线等让实验成立的器材，但并不能证明真的发生过那样的事。

时间就这样在侦查员的焦躁中毫无意义地流逝了。

案发一个月后，草薙再次来到汤川的研究室。这是他目睹那场实验后第一次踏进这里。

"看来，案件的调查陷入困境了。"听完草薙的话，汤川说道。

"应该说，我感觉我们的工作就到此为止了，接下来该交给搜查二科那帮人了。"

"这就是所谓的保险金诈骗案吗？"汤川盯着电脑屏幕说。草薙完全不理解屏幕上那些复杂图像的意义。"你们没找到弓？"

"只在矢岛家的储物室里找到了盒子，最关键的弓却不见了，可能已经被坂井处理掉了，毕竟那上面可能留有机关的痕迹。"

"如果是他们，恐怕真的会这么慎重。"汤川的表情看上去毫不意外。

"这次的案子最让我难以理解的其实是矢岛贵子。她真的与矢岛忠昭自杀一事无关吗？"警方也针对贵子展开了彻底调查，但并未发现任何与案件相关的线索。

"应该是没有直接相关吧？但不得不说，她也功不可没。"

"功不可没？"草薙看着汤川的侧脸，"什么意思？"

汤川把椅子转过来，面向草薙。"我认为矢岛忠昭没有把计划告诉他太太，并不意味着她就什么都不知道。她应该从矢岛忠昭跟坂井的言行举止中隐约察觉到了什么。"

"你是说，她猜到丈夫要自杀骗保了？"

"你一定想问她为何没有阻拦吧？我想，她也已经走投无路了。"

草薙无法反驳汤川的话。此前的调查已经证实，矢岛工业早已处在濒临破产的状态。

"所以她决定，也要以某种形式来协助丈夫赌上性命的计划，其结果就是那个不在场证明。"汤川继续道，"从你的话来看，她一共在三个地方制造了不在场证明。"

"对，首先是童装卖场，接下来是茶室，最后是百货商场的地下食材店。"

"你觉得她为什么要分成三个地方呢？"

"这……"草薙无言以对，因为他从未考虑过。

"我的推理是这样的：她并不知道丈夫打算几点自杀，只知道肯定是在坂井善之制造不在场证明的那段时间内。如果那段时间长达四五个小时，只在一个地点停留是完全不够的。"

"原来是这样。"

"还有一个理由。"汤川竖起食指说，"她这么做也是为了能随意挑选没有不在场证明的时间段。你们推测矢岛忠昭的死亡时间是下午五点到七点，并在此基础上展开了不在场证明的调查，因此她隐瞒了茶室的事，目的是将嫌疑引到自己身上。如果你们询问的是七点以后的不在场证明，她应该会隐瞒地下食材店的事。"

"先充分吸引警方的目光，再假装突然想起，提出自己的不在场证明？"

"你不觉得警方落入了她的陷阱吗？"汤川镜片后的双眼露出了揶揄草薙的目光。

"这还真没办法否定。"草薙爽快地承认道，"要是没被她吸引注意力，我们应该会有别的想法。确实感觉这次的初期调查被打乱了阵脚。"比如搜寻目击者，侦查员一直在寻找案发当天下午五点到七点间在酒店周边目击到可疑人员的人，然而那是毫无意义的，因为共犯坂井当天深夜才展开行动。"我们被她耍了。"

"这不是挺好的吗?"汤川满不在乎地说,"我倒是希望他们能顺利拿到赔付的保险金。不管是不是签约一年内的自杀,矢岛家确实失去了顶梁柱。"

"但这是犯罪。"

"这可能违反了规则,但一年这个数字究竟有什么意义呢?"

面对汤川的问题,草薙不知该如何回答。这是规则,他只能想到这样的答案。这时,他的手机响了。是牧田打来的,通知他又发生了新的案子。"我要出警了。"他站起来说。

"这回可别把案子拿到我这儿来了。"

听着汤川的声音从背后传来,草薙走出了研究室。

图书在版编目（CIP）数据

伽利略探案事件簿. 1 /（日）东野圭吾著 ；（日）梅绘 ；吕灵芝，袁斌，蓝佳译. -- 海口 ：南海出版公司，2023.10
 ISBN 978-7-5735-0588-0

Ⅰ. ①伽… Ⅱ. ①东… ②梅… ③吕… ④袁… ⑤蓝… Ⅲ. ①短篇小说-小说集-日本-现代 Ⅳ. ①I313.45

中国国家版本馆CIP数据核字（2023）第165152号

伽利略探案事件簿. 1
〔日〕东野圭吾 著
〔日〕梅 绘
吕灵芝　袁斌　蓝佳 译

出　　版	南海出版公司　（0898）66568511
	海口市海秀中路51号星华大厦五楼　邮编 570206
发　　行	新经典发行有限公司
	电话(010)68423599　邮箱 editor@readinglife.com
经　　销	新华书店
责任编辑	倪莎莎
特邀编辑	陈梓莹
装帧设计	李照祥
内文制作	王春雪
印　　刷	山东韵杰文化科技有限公司
开　　本	787毫米×1092毫米　1/32
印　　张	6.5
字　　数	100千
版　　次	2023年10月第1版
印　　次	2023年10月第1次印刷
书　　号	ISBN 978-7-5735-0588-0
定　　价	39.00元

版权所有，侵权必究
如有印装质量问题，请发邮件至 zhiliang@readinglife.com

著作权合同登记号　图字：30—2023—067

GALILEO NO JIKEMBO 1 Poltergeist no Nazo wo Toke by HIGASHINO Keigo
Copyright © 2022 HIGASHINO Keigo
All rights reserved.
Original Japanese edition published by Bungeishunju Ltd., Japan, in 2022.
Chinese (in simplified character only) translation rights in PRC reserved by
Thinkingdom Media Group Ltd., under the license granted by HIGASHINO Keigo,
Japan arranged with Bungeishunju Ltd., Japan through BARDON CHINESE
CREATIVE AGENCY LIMITED, Hong Kong.
Illustrations by UME(OZAWA Takahiro, SEO Asako)